當所有雨
都下進
眼睛裡

All The Rain
Becomes My Tears

溫如生——著

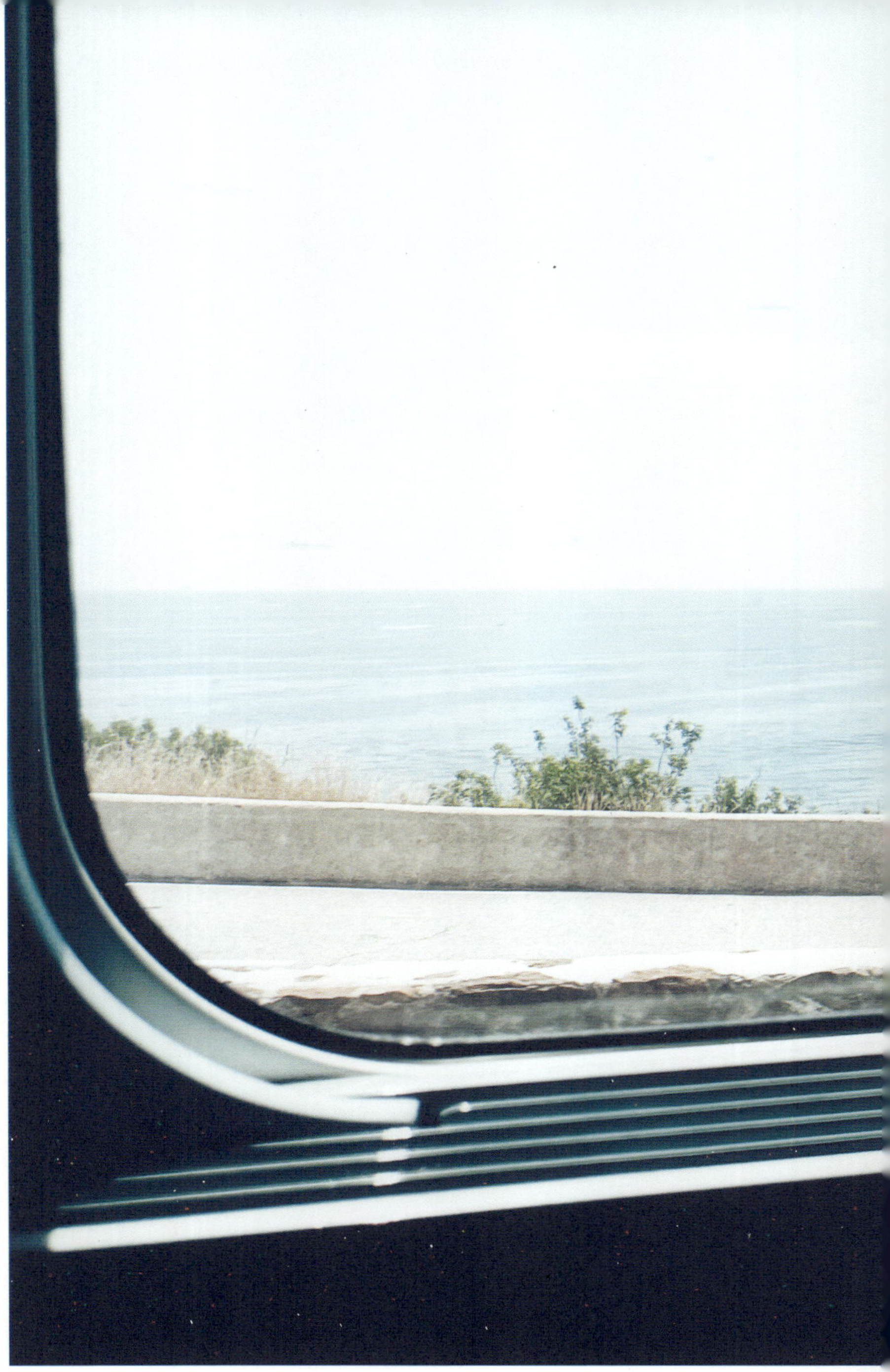

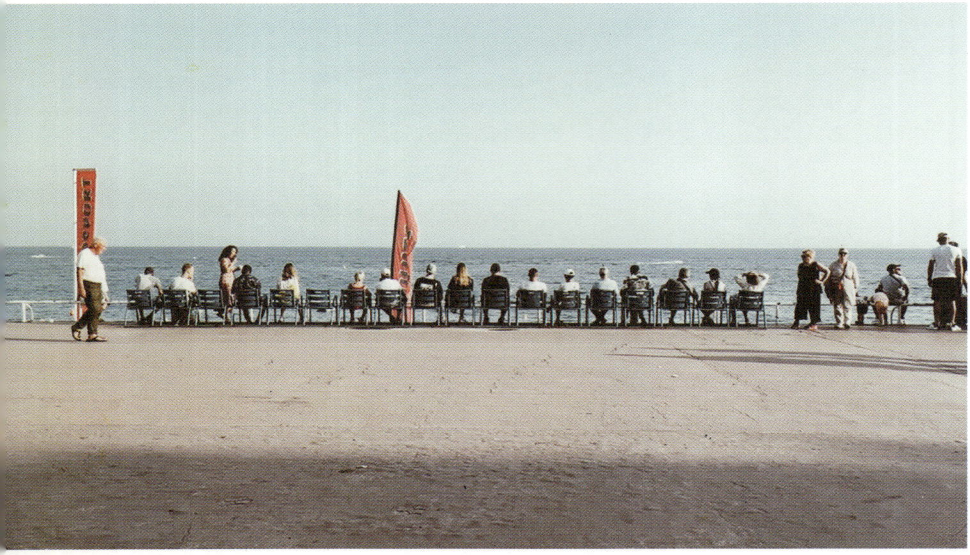

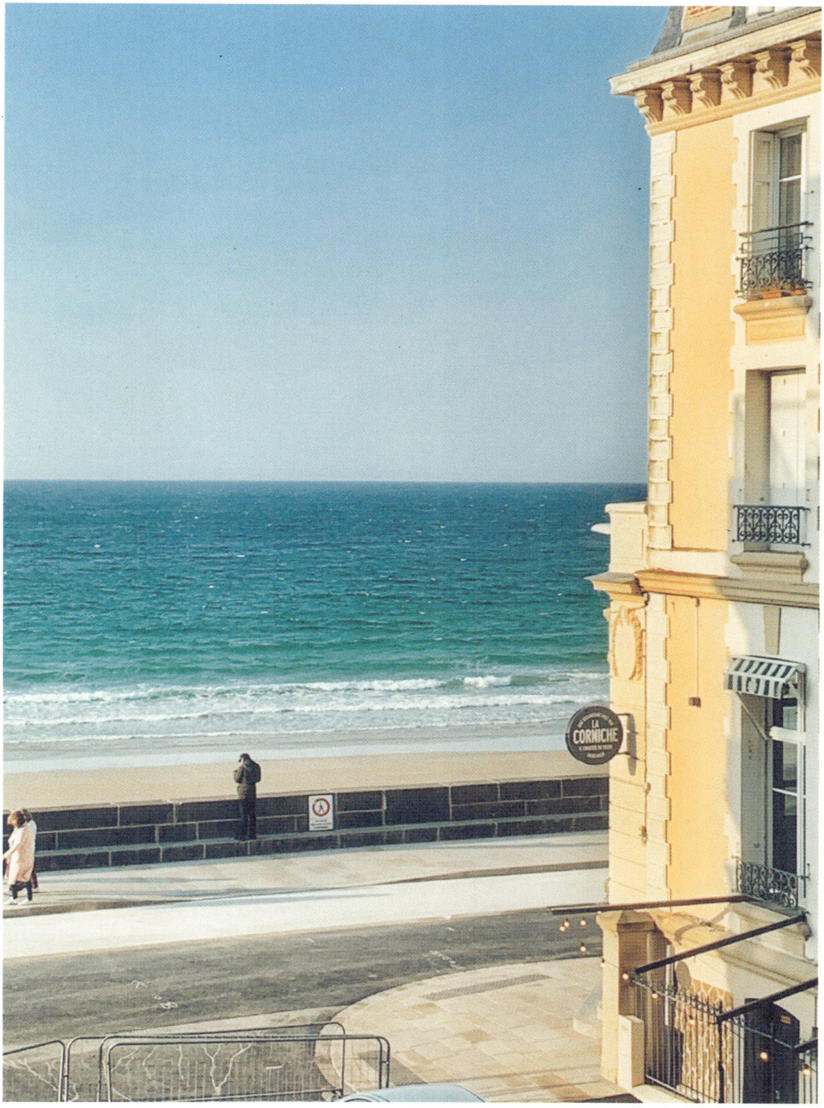
LA
CORNICHE

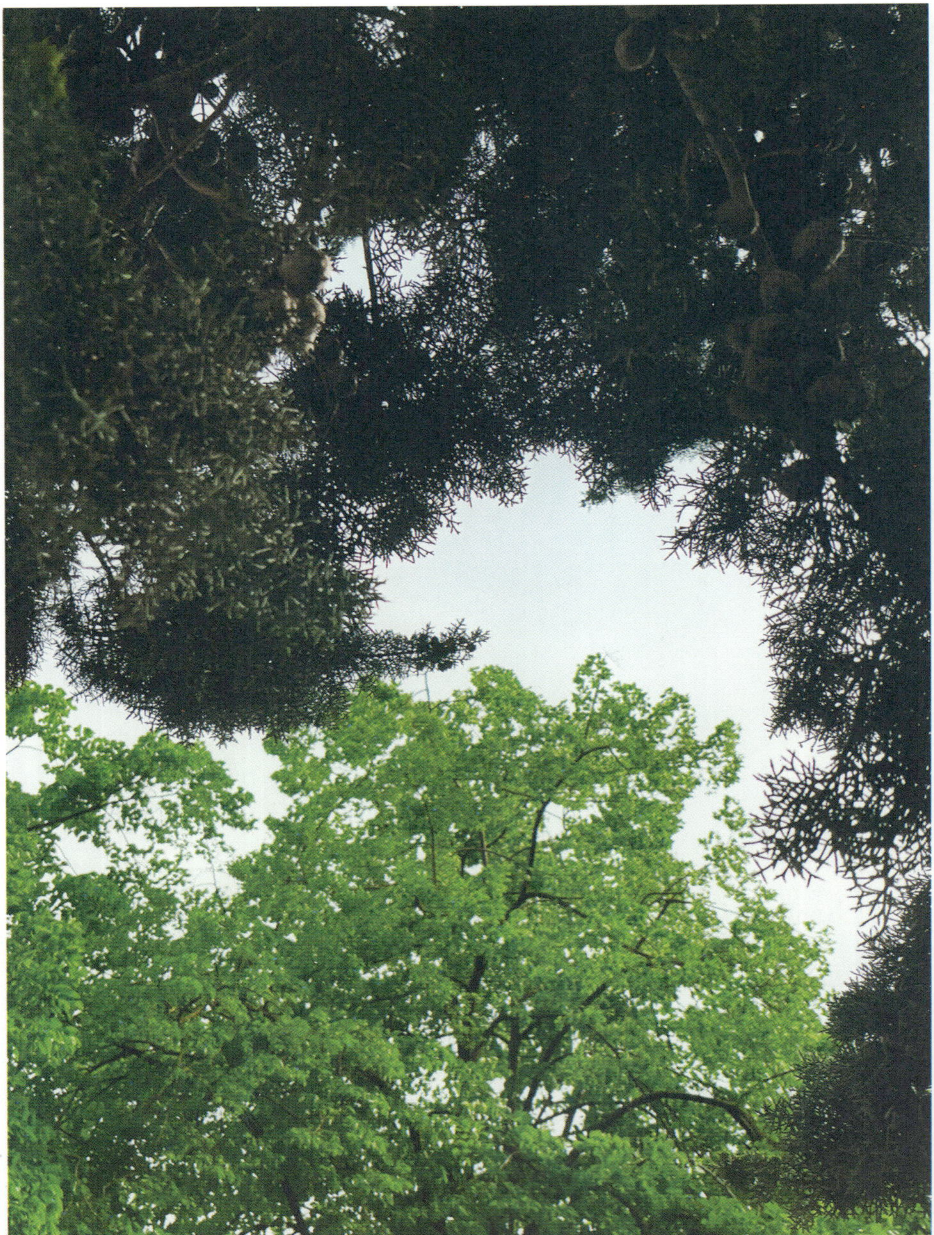

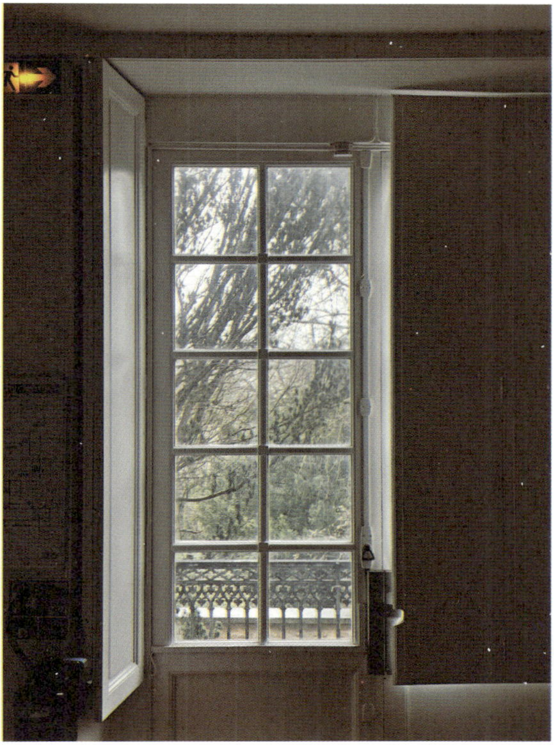

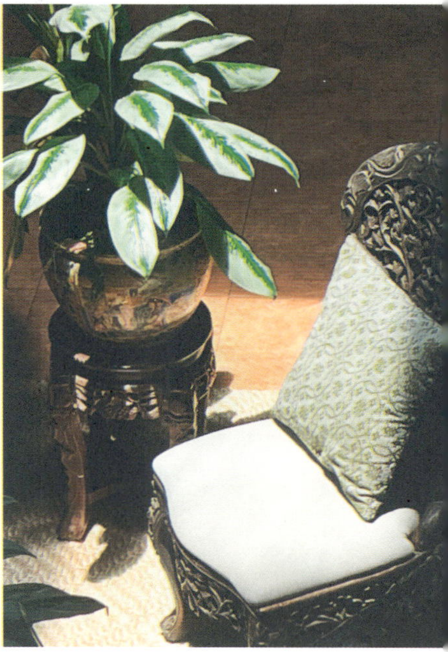

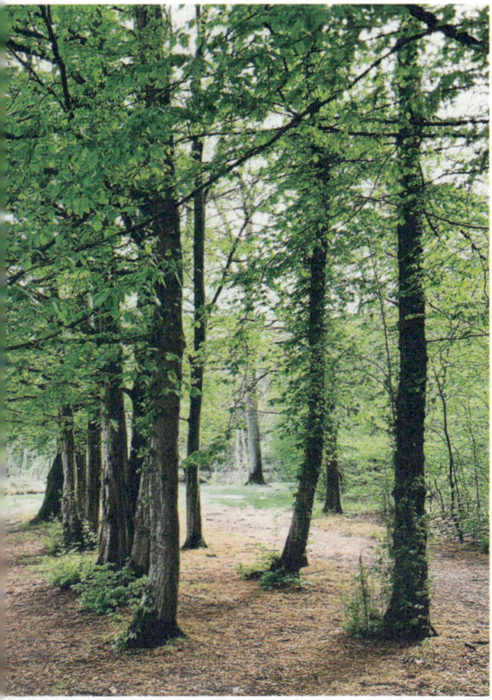

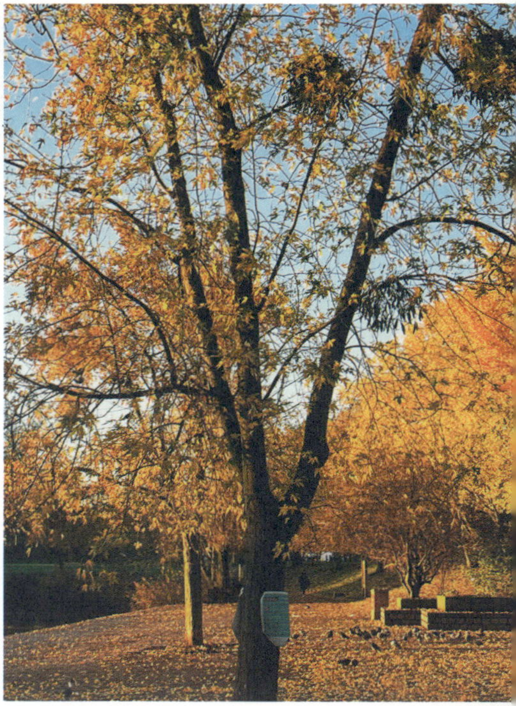

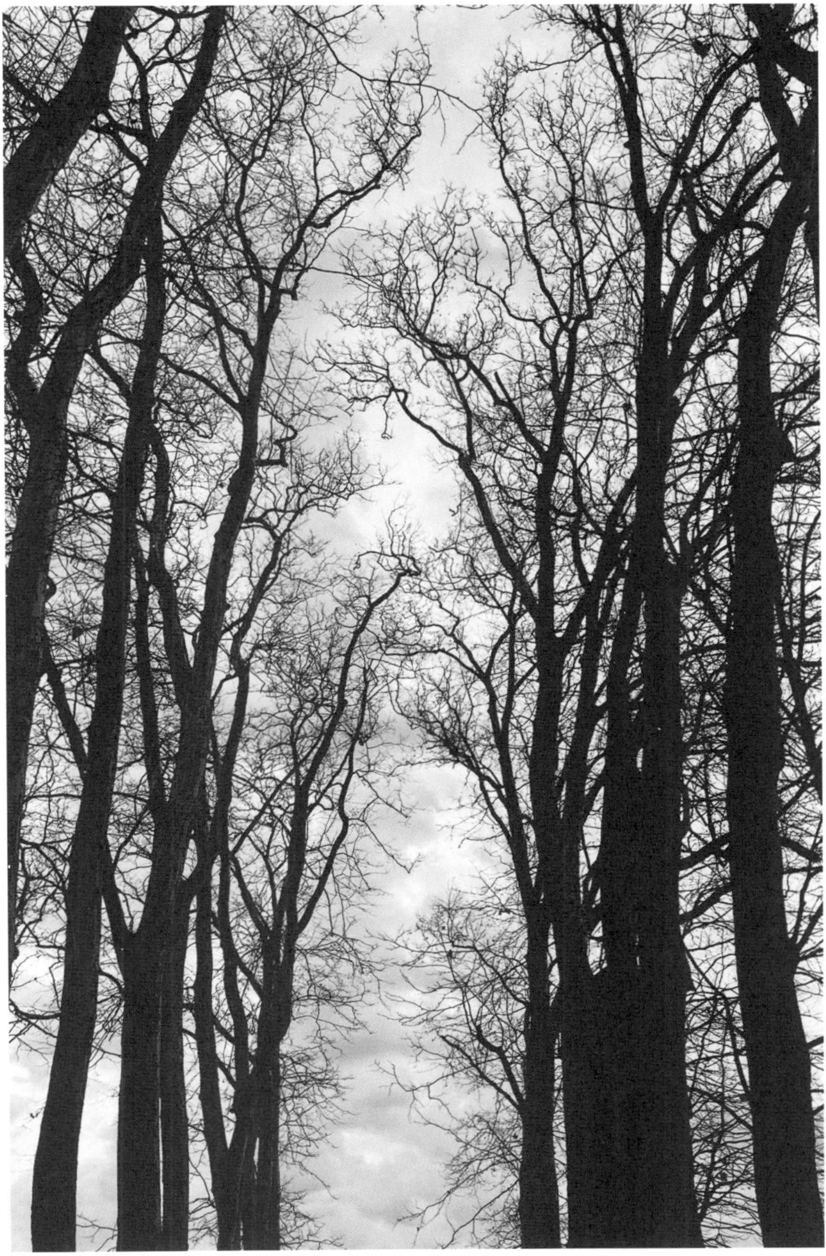

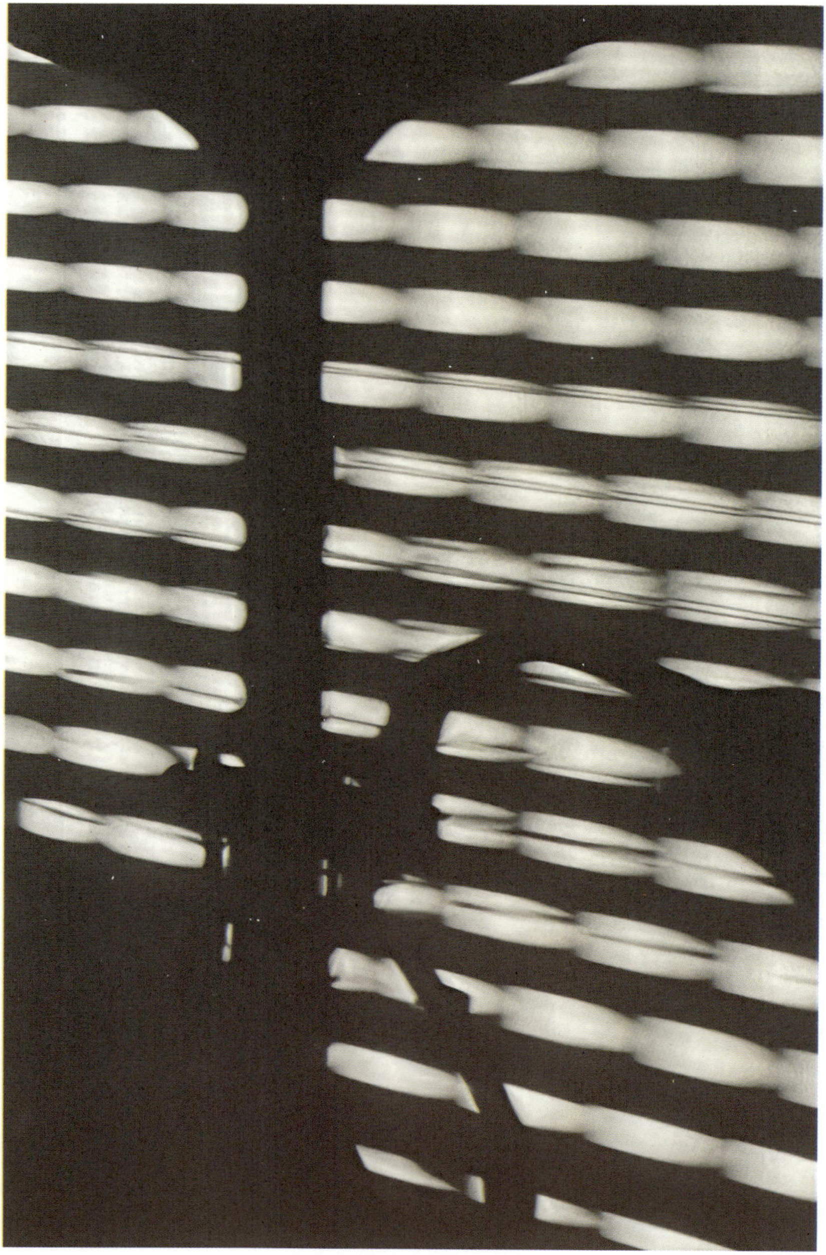

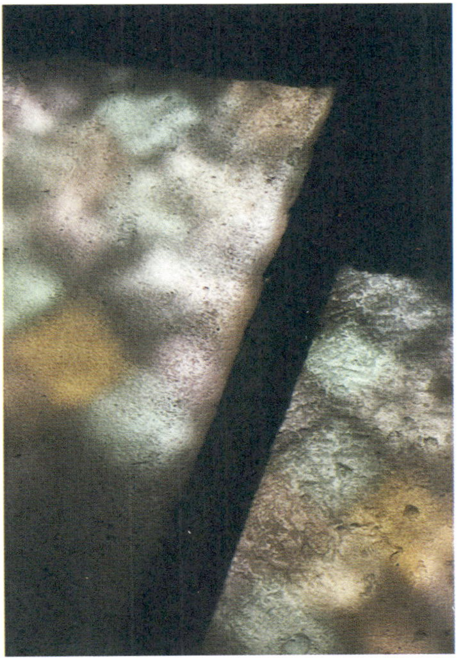

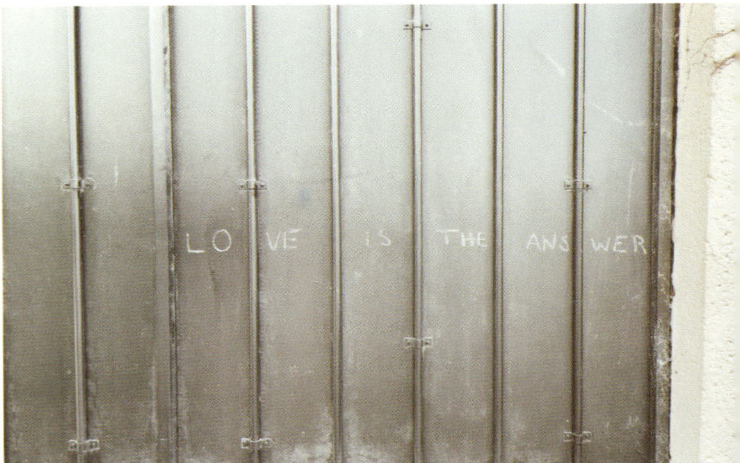
LO VE IS THE ANS WER

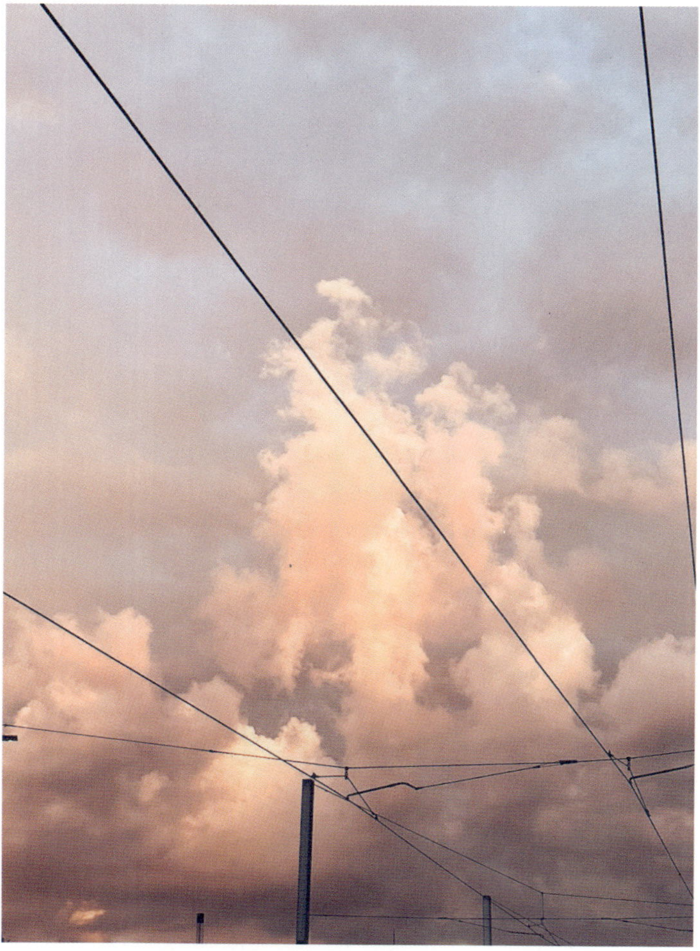

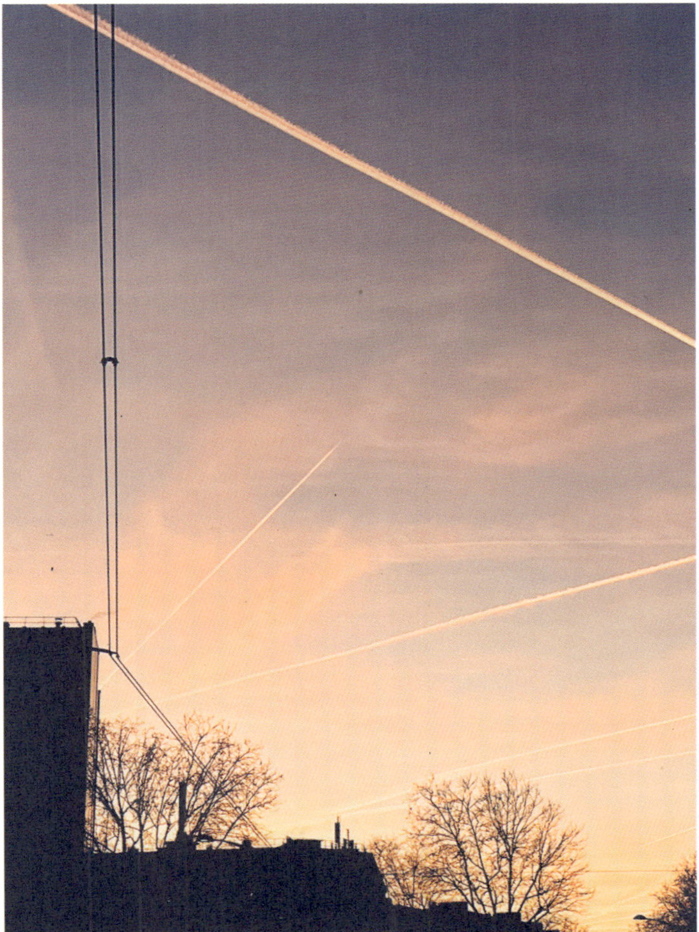

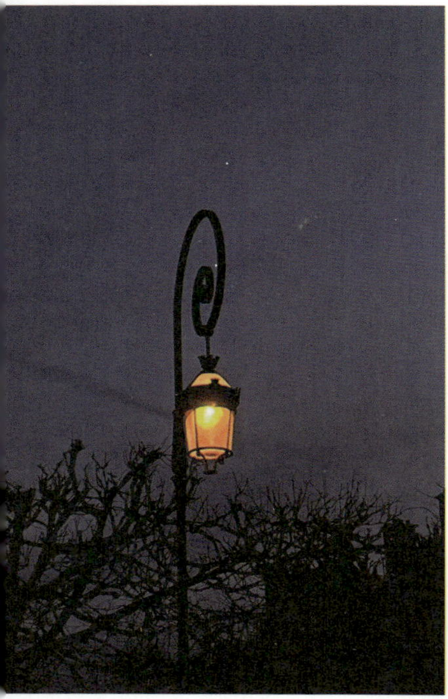

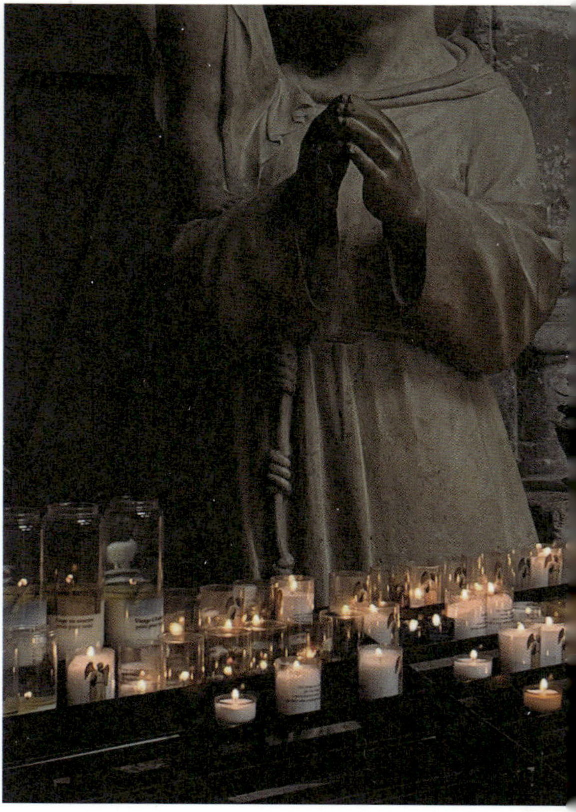

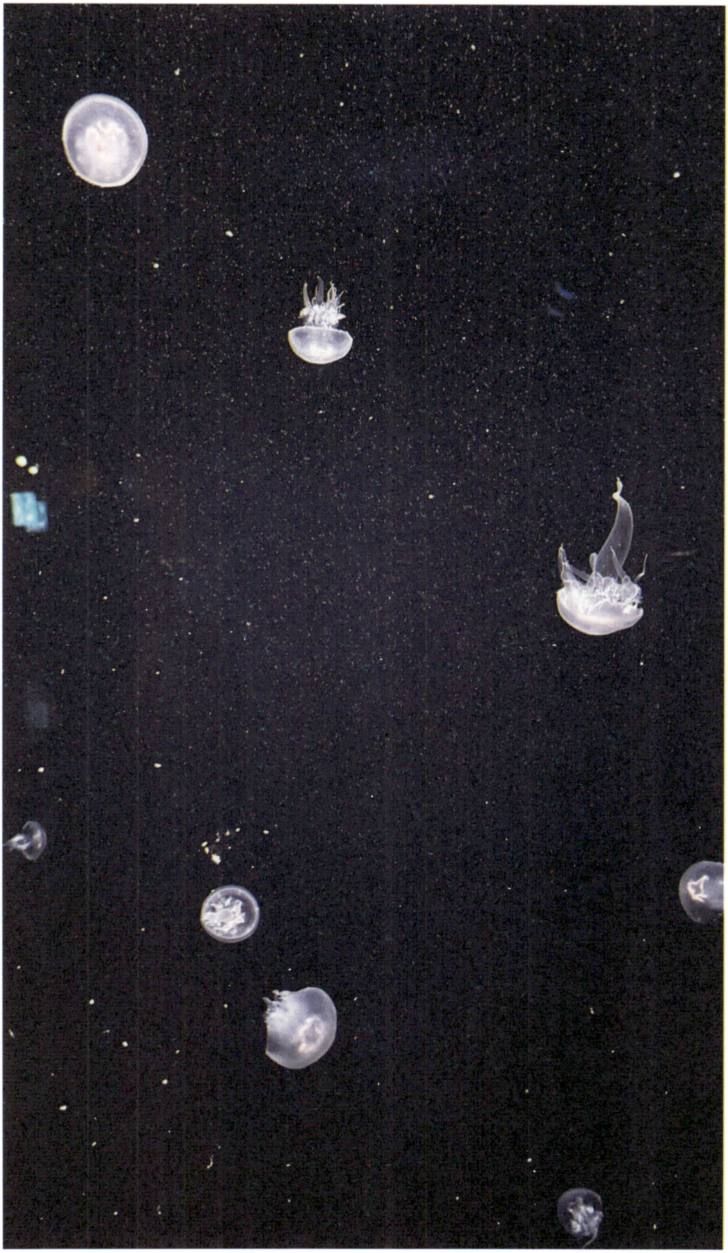

Contents

輯 1 積雲

親密愛人 ──────── 023

鮮花與匕首 ──────── 027

已碎品,仍請小心輕放 ──────── 032

劇中人的夢 ──────── 039

神說要有光 ──────── 048

如果生命有倒影 ──────── 056

輯 2 驟雨

I wish you hell —— 063

汰舊 —— 090

我即地獄 —— 098

收藏家 —— 105

無岸 —— 111

我心裡的那場海嘯 —— 116

輯 3 餘潮

愛癲人的愛吃人 —— 123

散場之後 —— 134

蝴蝶住在月亮上 —— 140

灰度 —— 144

孤島的鯨 —— 148

時間是一場反覆的高燒 —— 151

輯 4　晴隙

致我最親愛的布朗尼 ———— 159

自哀書Ⅰ ———— 173

自哀書Ⅱ ———— 178

自哀書Ⅲ ———— 182

星星之火 ———— 187

微小的善意 ———— 191

特別收錄　關於雨的另一種說法

織夢師 ———— 197

殺死我的所有格 ———— 225

後記｜雨停之前 ———— 269

閱讀情境音
──積雲──

輯 1

積雲

親密愛人

真奇怪,有時候愛讓我沮喪,
但愛也讓我充滿勇氣。

隨著身邊人愈加平穩的鼻息,我的眼睛也逐漸適應了黑暗。
我清楚感受到橫在自己腹部上的那隻手臂的重量與熱度,彷彿代替了厚重的棉被給予我壓迫般的重量與安全感,當我只是想稍微挪動一下自己的腿時,就被更緊地牽制住。

不是第一次一起睡了,已經不再感到彆扭的害羞與不適應。
也是後來才意外地發現,原來我極其享受與你的肌膚之親,牽手的時候、相擁的時候、親吻的時候,這些幾乎成為了我們之間的上癮行為。而你的氣息逐漸變成一種鎮定劑,擁抱在一起好似在進行費洛蒙之間的交換,以此獲得某種精神上的歸屬感。

該怎麼去形容這種感覺呢?
如同待在一個安全、私密,且堅不可摧的堡壘裡。

1 —— 積雲

直白地說,感覺真好。

聽許多人說,與愛人同榻而眠能夠有效地消除壓力和疲勞。曾經我難以理解,但是後來我逐漸相信了這一說法。

真神奇啊,這種難以言喻的親密感。
明明一開始如此難以忍受的我,怎麼能想到會發展成這樣呢?

我想起第一次和你躺在同一張床上入眠,多一道的呼吸聲整夜都不輕不重地縈繞在耳邊,沒有多餘的空間能讓我們自由地翻身,而你的體溫燙得我感覺自己隨時就要沸騰。
我從未與你坦白,那天我其實沒有睡好。
隔天一早,和你那神清氣爽的模樣相比,我顯得像忘記澆水的花一樣頹靡。

最初,我被攬在你的懷裡,面頰下枕著的是你的胸膛。可是時間一長,動彈不得的半身開始感覺疲麻,於是我艱難地轉了個方向,你配合著我改變了自己的重心。
在黑暗中,我用氣聲問你手臂和肩膀累不累。

你說不會，只是更緊地貼住我的後背，如同一團暖烘烘的火。

明明床那樣大，你卻總想要在無數種不舒服的姿勢中找出彼此貼合的形狀。想要彼此有一部分的肌膚是貼在一起的，哪怕只是腳碰在一起、肩膀靠在一起，又或是手指牽在一起。

當然，為此我感到隱密的歡喜，可是我又該怎麼和你說，兩個人一起睡似乎並沒有提高我的睡眠品質——是那種，如同領地被入侵，卻又無法趕走的失重感。
或許只是因為不習慣，我這樣說服自己。
所以，這點應該可以慢慢克服。

但是接下來，我又發現了一個問題：我並不喜歡你背對我。
真矛盾，明明我自己有時候也會背對你睡著。
要是將這點小心思放到明面上來當作吵架的一個話題，聽起來簡直可以稱得上是無理取鬧，戀愛時的胡思亂想就在此刻顯現得淋漓盡致，儘管我知道這是你認為舒服的睡覺姿勢之一。

那又該怎麼辦呢？其實無所謂，因為我會貼近你赤裸的背，像是去穿上最輕薄但足夠溫暖的布料，熟悉的肌理與觸感已經

1 —— 積雲

不會讓彼此感到緊張,這一切的發生是那樣自然。
　　一如愛發生與回應的每個當下。

　　正當我的手臂圈上你,手指就被牽住了。
　　我輕輕地捏了捏你的指頭,接著你也對我做了同樣的事,似乎在以此向我道晚安,我還依稀聽見你偷偷笑了出聲。於是我莫名被你逗笑。

　　真奇怪,有時候愛讓我沮喪,但愛也讓我充滿勇氣。

鮮花與匕首

愛是以鮮花交換匕首。
而我們在傷口裡種下花。

01———

　　愛和傷害，這兩者之間是沒有衝突的。
　　或者說，愛在某種程度上本身就是種傷害。

02———

　　人會因為被愛而感到不知所措嗎？
　　我對上你那雙淡色的眼瞳，呼吸停滯了一瞬。我不敢向你承認，就在你微微顫抖地握住我的手，似乎是如此誠懇地向我說出「我愛你」這三個字時，我其實有一瞬間的失語，像是被灼燒一樣。我所感受到的驚惶甚至比喜悅與滿足還更多。

1 —— 積雲

其實這也並不是你第一次說愛我,但我仍然無法心安理得。
真奇怪,在被愛的時候懷疑,在不被愛的時候也懷疑。

你看我的眼神柔軟而溼潤,那三個字繾綣在你的脣齒間,聽起來是那般蠱惑人心,讓我幾乎要沉溺其中。而在這浪漫的氛圍下,我有那麼一刻的衝動,也想慎重地向你吐出那三個字作為回應,以表心意。
可是最終,我只是低聲說出「我也是」。

話落之後,我甚至有點擔心,你會不會因為我的反應看似不夠誠懇而感到傷心呢?
為什麼,我會因為說不出愛而感到抱歉?又為什麼,我要感到抱歉呢?
或許是因為將你眼裡的期待與陷落看得太過清楚,知道這一刻的你在期待什麼,也知道現在的自己或許沒有辦法完全為你的期待買單,而這使我感到慌亂。

你是從什麼時候開始覺得你愛我的呢?
我記得你第一次說出這三個字的時候,那更像是一種衝動,

一種稍縱即逝的感情波動。所以，你為什麼會認為自己愛我呢？

　　為什麼愛我、你又愛我什麼？你為什麼認為這是愛呢？
　　感情與關係向來不是如此簡單，並不會因為我好或是我對你好，你就會愛我——而這讓愛看起來像是自己的臆想。
　　愛究竟是怎麼一回事？我們足夠瞭解彼此嗎？

　　我們表達愛的方式，是不是等同於我們希望被愛的方式？
　　我真的有足夠的寬容與耐心，能夠承接你所有的好壞嗎？
　　我真的能夠毫無防備地向你坦露我所有不為人知的晦暗和軟弱嗎？
　　會不會有一天，你突然明白，你愛的不是我，而是某種投射或是想像呢？

　　有沒有一種可能，或許我們如此執著於談論愛，是因為我們不理解愛，也分不清楚愛、不甘、依賴與執著之間的差別。
　　我們反覆提起愛是因為想要真正去愛與被愛。
　　因為想去看見與被看見，想去理解與被理解。

　　那又為什麼會感到痛苦呢？

1 ── 積雲

　　人類素來慣於向他人尋求愛與價值，因為把期待放在他人身上更加輕易，這樣我們就有理由去寬恕自己、推卸責任。可是，我們忘記「他人」才是最不可控的變量，比過期的藥品還不可靠。於是我們越來越空虛，卻又無法停止索求，因為欲望深如壑，永遠不會感覺滿足。

　　然而矛盾之處在於，並不是愛了就等於理解了，而我們僅是單純希望被理解之後，依然能夠繼續被愛。
　　正因如此，在「看見」彼此的過程中，愛裡才會有令人難以忍受的痛苦，於是有的時候，愛會變得面目全非，比如恨、比如怨，比如其他使我們累與脆弱的。

　　愛是以鮮花交換匕首。
　　而我們在傷口裡種下花。

　　所以，比起無限且恆久的愛，我更願意相信愛是不斷重複發生的，它並非亙古不變，而是無數個剎那的集合。我們都是在所有切片般的美好瞬間裡，試圖獲得永生。
　　畢竟，他人眼裡為自己點燃的花火，哪怕多麼絢爛盛大，卻也不知道究竟會在哪一個瞬間熄滅。人類喜新厭舊的劣根性

使得真愛稀缺且珍貴,而遺憾和未果才是常有的事。

所以,我們真的準備好了嗎?
我是說,準備好一起受傷了嗎?

03 ——

「我會接住你。」
可能只是發生在一個普通至極的早晨,我們會這樣說出口。
我們或許終於願意如此慎重地承諾彼此。

1──積雲

已碎品,仍請小心輕放

我以為我們相遇時是兩個完整的人──
而這才是最大的謊言。

01──

　　我們每個人都是容器,可以用很多東西填滿──比如愛憎,比如傷害,比如孤獨,比如其他。
　　我們有所交換,也相互虧欠。
　　就像你不知道我是如何安靜地收拾好心裡的雪,才能擁著春天朝你走來。

02──

　　我清楚地記得,我們第一次見面,你是那樣慎重其事地向我伸出手,並介紹了自己的名字,而我在短暫的錯愕與愣神之後回握住你,掌心傳來微涼的觸感,像接住一片初秋的落葉。

路燈昏黃的光附著在你的臉上，形成的影又徹底覆蓋住我，像是被你擁抱住一樣，親密得過了頭。緊接而來的是太過匆促的眼神接觸，流動於其中的欲與念甚至比蛋糕上的奶油還要潔白，但已經足夠甜膩。

　　我們都故作冷靜，可總有某些細節出賣了彼此面具底下的羞怯和緊張。
　　事實上，那天分別以後，我根本記不清你的面容或性格，只記得在當時那朦朧曖昧的氛圍之下，你看似輕鬆地說著自己寡言且不善言詞，同時又忙著整理自己的衣領，以及用餐時你那微微顫抖的雙手——彷彿比起記住你，我更清楚記得的是你帶給我的感覺。

　　或者說，我愛上的是在那樣的場景下，我給自己虛構的美好幻象。
　　而你正好參與其中，因此成為承接我情感的容器。

　　就好像，好像繁花正要綻放之時，你恰好攜風來到。
　　於是我們滿眼愛意，同時踏入彼此的陷阱裡。
　　我想像的盛大情節就此拉開序幕，如同一場精心編排的舞

1 —— 積雲

臺劇，我們既是演員，也是觀眾。

陷入情網是如此順理成章的事。
這在當時看來，似乎就是我們相遇的意義。

你是個什麼樣的人呢？好奇心後知後覺地浮起。
我知道這是不對的，根本不是一個好的預兆。這個問句彷彿意味著我將開始預設你會是什麼樣的人，也預示著我將開始盼望可能隨時失去蹤影的今後。

我們太容易對期待上癮，誰都難以滿足於短暫的深刻。這種無止境的渴求似乎只是在為往後的悲劇埋下早已注定的隱患。
陣痛正在發生，而我們還盲目地以為那是愛的某種面貌，以及抵達幸福的必經過程，像是兩個抱恙的人相互依存著，試圖在一段看似健康的關係中獲得拯救與痊癒。

——是的，這樣的我們根本不健康吶。
以愛為名的救贖是場蓄意謀殺。
但是，我們又真的愛過彼此嗎？會不會我們只是把自己的欲望與需求誤認為愛。

我終於意識到我們之間一直存在著隱微的腐朽，卻是在分開以後。

　　彼此曾經認為堅不可摧的信仰與承諾，宛若孩子們一時興起建造的沙堡，看似堅固無比，瓦解也只需要一瞬間。

　　是誰推倒的呢？風沙迷了眼，眼淚比責怪還要先傾瀉而出。

　　為什麼我們會想要拯救彼此呢？

　　或者說，為什麼我們要拯救彼此呢？

　　是因為相愛所以想要拯救彼此，還是為了拯救自己才決定相愛的呢？

　　當初，我們的日常明明那麼平和——

　　我看著你在起身之後，床上留下的凌亂痕跡，以及聽著你在洗漱更衣時發出的動靜，在半夢半醒間，似乎有種依然身在夢中的不真實感與茫然。

　　你在準備出門前回到床邊，接著彎下腰，而我閉著眼被動地接受你親吻在我的額頭與脣上，再聽你輕聲向我道別，說晚一點見。

1 —— 積雲

這些並不是出乎意料的舉動,而我們都早已逐漸養成習慣。

我們在這種有來有往的交付之間,得到暫時的激情、滿足與安全感。

感覺幸福非常。

但我莫名意識到,這還不夠,完全不夠。

心裡始終有一個漏風的洞,好比某種永恆的詛咒。

如果真的足夠,為什麼我還會想哭呢?

哪怕那時那刻,你就赤裸地躺在我身邊,好似靈魂也黏糊地黏在了一起,宛如我們之間已經毫無隔閡與秘密那般親暱靠近,絲毫不介意向對方袒露自己最柔軟的肚皮,我們早已溫柔得前所未有。

肌膚緊緊相貼過千萬次,這樣就算是親密了嗎?

我們真的已經,足夠親密了嗎?

當時的我們吶,高傲地認為自己才是醫者,無數次向彼此承諾能夠包容對方的一切,將愛或看起來像愛的其他什麼錯認為靈丹妙藥,卻沒有認知到自己同為病者,毫無病識感地自大著。

我知道，這樣下去我們各自的破洞只會越來越大。
這是我們各自的病，沒有立場相互處決。

眼淚還是無聲地浸溼了枕頭，分不清是誰的呼吸聲更加刺耳。
是啊，占有你沒有用，你愛我也沒有用。

在分開以後的某個夜晚，早已習慣一個人睡的我忽然有些想念你的體溫。我想起你曾經是多麼用力地將我抱在懷裡，我像條溼答答的抹布被你一點點擰乾，而你也在一點點地將自己那最下流的心思掐死，幾近窒息般的狠卻給予了我極大的快慰。

你抱著我的時候，都在想些什麼呢？
而我當時，又在想些什麼呢？
我頓時感到傷心無比，因為我發現我們在某種程度上是如此相像，且默契十足。

可是不能怪你，當時誰也不知道，原來愛與拯救並不相同。
唯有自己能夠拯救自己——或許也拯救不了，但這已經與彼此無關了。

1 —— 積雲

所以承認吧,愛並不高尚,也或許根本無關救贖,畢竟生活已經太累了。
我們只是想要像毀了自己一樣,毀了彼此。
因為一起碎掉還比較容易。

03 ——

一開始我以為你是完整的。
我也以為我是完整的。
我以為我們相遇時是兩個完整的人——而這才是最大的謊言。

劇中人的夢

結局究竟要如何落筆,
我們才甘願出戲。

01――

　　悲劇固然賺人熱淚,但人人更傾向以喜劇收場,尤其當自己身為劇中人時。
　　於是我才終於意識到,我的一切悲傷與悲慘來源於,這不是我期望的結局。
　　可是,已經走到了這裡,哪裡還能有什麼更好的結局呢?

02――

　　今年冬天的初雪下得似乎比往年還早,像電影開頭那未經預告的獨白。
　　在日子裡溺水的時候,總會徒勞地想念起與你有關的一切。

1 —— 積雲

這使我分不清楚,我懷戀的是你,還是那段有你的時光。

即使室內的暖氣充足,我卻還是更眷戀你懷裡的熱度,那是羽絨衣或毛毯都無法複製的,是我曾以為絕無僅有的踏實與溫柔。

你的消息總來得即時,彷彿聽見了我心底的呼喚。那本是一個沒有約好見面的普通夜晚,工作結束後的我疲憊得像被抽乾力氣的氣球,卻因為你一句「我想見妳」而重新鼓脹起來。

因為你和我想見你一樣,想見我。心有靈犀般。

如同好多次你都說,沒有人比我更懂你。我們就是彼此的靈魂伴侶,是命運絲線緊緊交纏的雙生子。

於是我逐漸相信,在你眼中,我是如此特別。你賦予我的美好價值讓我感覺自己被肯定著、被堅定地選擇著——我想你一直這樣看著我。只要你這樣看著我,我就能在愛裡找到自己的形狀。

聖誕的氛圍愈加濃厚,廣場上早已裝飾好一棵巨大又華麗的聖誕樹。我每日經過,卻從未多看一眼,只覺得毫無新意,這些裝飾不過是節日的陳腔濫調。

直到那天,剛好你說,你在聖誕樹下等我。

我對於任何節日的來臨向來不敏感,往往分辨不出與普通日子有何差別。但遇見你之後,我開始期待季節的更迭,因為我們曾約定好要一起度過無數個春夏秋冬。

那些看似不算遙遠的未來,對當時正泡在蜜罐裡的我們來說,是多麼令人嚮往的輪迴。

在人群中尋覓時,我們的目光終於相遇。你的衣裝上沾滿雪白,眼睫上也掛著幾片搖搖欲墜的雪花。你的眼睛漂亮得像博物館裡某件藝術品的真跡。

你準備朝我笑時,我已經精準跌進了你的懷裡。你穩妥地接住我,問我是不是很開心見到你。我沒有回答,只是傻笑,不明言地戳穿你的明知故問。

那一刻,我感覺自己正被切實地愛著,多麼難得。
讓我沉迷這場美夢,如此入戲。

然後你說,跟你走吧,一起回家。跟你回家。
你牽起我的手,如往常一樣十指相扣,你將我的手塞進你

All The Rain Becomes My Tears 041

1 ―― 積雲

的口袋。你的手向來溫熱,即使我們都捂出了汗,也沒有因此鬆開彼此交握的手。

我們就這樣走了好久好久的路,彷彿只要跟著你,未來的路途就會清晰明朗,沿路百花齊放,幸福的樂曲在耳邊奏響,我們將直達烏托邦,無須憂心迷路或坎坷。
那時的我多麼篤定,這就是我們敞亮的將來,是我們一起書寫的完美結局。

或許那年大雪紛飛的冬天,我們確實相愛。
可現在,已經是所謂的多年以後了。

03 ――

早已問過自己無數遍,究竟是過程重要,還是結局重要?
然而,當我看著你那張自動變回默認的頭像,我再一次啞口無言,只感覺空茫與困頓。所以,我得到了我想要的結果和答案了嗎?可是,我想要的究竟是什麼呢?

愛要怎樣才足夠生動?要失去下落之後。

正如蔡加尼克效應,未落幕的事情更讓我們耿耿於懷。畢竟人生裡少有圓滿,殘缺與未竟是常態。戛然而止的情節才能引得觀眾意猶未盡,引發後續的熱烈討論。我們總在未完成的故事裡尋找意義,卻忘了有些故事只有結束,沒有結局。

　　愛要怎樣才足夠淒美?要面目全非之後。
　　於是當我們各自卸下面具,熟練地用最難堪且銳利的姿態攻擊對方那些曾經讓我們心疼的弱點。這實在太過容易,畢竟我們也算足夠了解彼此,不是嗎?我們熟知對方的痛點,可以像一名專業醫師那樣精準下刀。

　　可是傷害與被傷害都沒有讓我感到開心或滿足。
　　事到如今,我太過疲憊了,已經無法再像曾經那樣去擁有強烈的情緒。我的悲愴與失落因此更顯無動於衷,宛如一潭死水,連漣漪都懶得泛起。

　　有多少未曾解開的結並沒有在結束的瞬間就得到拯救。
　　有多少苦苦追尋的「為什麼」最後只能重新吞回肚裡。
　　——算了吧。就這樣了。
　　無始也無終。

1 ── 積雲

　　心裡坍塌的是虛幻般的信念,但空蕩的迴響卻持續刺痛著耳膜。
　　地鐵裡的熙攘宛如被消了音,只有每次車門打開時灌進的冷風在努力平衡著車廂裡的溫度,卻無可避免地混合著不同人身上的氣味。

　　隱約之間,我似乎聞到了你唯一擁有的那款香水味。
　　其實那並不是多冷門的品牌或香調,就如你這個人一般,彷彿稍微不注意就能泯然於眾,一點也不特別,更不是獨一無二或不可替代。

　　如果我們是初見於人群之中,我恐怕也不會為你駐足。
　　可就是這麼普通的你,卻讓如今的我在找回自我的路上忍不住頻頻回頭──而我竟然費盡心思又不擇手段,只為了留住你這個最平凡不過的尋常人。

　　以致我分不清,究竟該離你近一些或是遠一點,怎麼樣才能更靠近幸福?
　　想不透的我於是越想越絕望。

然後,那陣像你的味道很快就散去了。
在恍惚之間,在擁擠之間,在人來人往之間。

這裡確實不是你時常會經過的地方。我無論如何迷路在這不算大的車站裡,也遇不見你。
其實,這不早就是顯而易見的事實了嗎?只要我們不再有所約定,我獨自期待的見面都必須就此作廢。

我們曾在車站裡同彼此道別過。最後一次分別的時候就是。
相互說再見,但不一定會說下次見。
我似乎從來沒有和你說過,其實我不喜歡你每次走得毫無留戀的樣子。
當時,我們有想過,那會是我們最後一次見面嗎?居然忘了擁抱。

自從我開始害怕每一次與你的分別,我就意識到一切都不同了。
一切都在無可避免地走向毀滅,而沒有誰能成為倖存者,就譬如,你那離我越來越遠的背影——甚至不需要我回頭,或

1 —— 積雲

者試圖去追。

　　有所預感無論如何,你早晚會湮沒於人海裡。
　　所以你更不該是絕對的唯一。

　　曾經相握的手宛如某種制約,無論人潮多擁擠我們都不會分散。然而,如今就算我們朝著同個方向走,也只會看見你離我越來越遠的背影——你不再等我,我也疲於再去跟上你的步伐。
　　多可悲,我們誰都沒有注意到,這是什麼時候培養出的另類默契。

　　趕路的人們摩肩接踵,此刻的我身在其中,卻茫然得如同一座冰凍的雕塑。
　　哪裡都是歸途嗎?所以我該走向哪裡,才能更靠近我自己。

　　我忽然感到好奇,你離開我的那時候,就已經非常清楚自己要往哪裡走了嗎?那個曾經說著「只要跟妳一起,我就不再感到迷失」的你,原來比任何人想像的都還要勇敢。
　　真討厭啊,你總是在該果決時優柔寡斷,卻在我希望你猶

豫和心軟的時候決絕得過於冷血，絲毫不近人情。

　　那你能不能告訴我，如果我不靠近你了，我是不是就能找回自己了呢？

04 ———

　　結局究竟要如何落筆，我們才甘願出戲。
　　一定會有那麼一天，我不再需要答案。

1──積雲

神說要有光

你若是光,我就該墜入深淵。
你若是神,我理應背叛信仰。

01──

　　神說:「要有光。」就有了光。──創世記 1:3

02──

　　一同擠在小小的單人床上,兩個人要同時平躺幾乎是不可能的事情,像是穿了一雙破洞的襪子一整天,回到家才發現一樣困窘。
　　於是我們都為彼此側著身體,像兩塊被塞進過小容器的麥芽糖,勉強找到能容納彼此的姿勢。呼吸交織成無形的絲線,將我們纏繞在一起。
　　你的睫毛長而濃密,輕輕掃去我心頭上堆積已久的灰。

接著,你試探性地將臉湊近,鼻尖輕輕磨蹭我的,如同動物之間表達親暱那樣宣洩著滿腔的情與欲,確認著彼此的氣味,我好似能夠從中感覺到你的小心翼翼和珍惜。

　　意識開始漫泄,陷入暈眩般的浪漫就像是坐上了永不停止的旋轉木馬,周圍飄著彩虹色的泡泡,將我們包裹在一個與世隔絕的夢境裡。

　　羅曼史大概就是這樣開始的吧?我想。

　　恍惚之間,我開始相信這就是所謂的愛——同我沉淪其中的你,似乎也不曾懷疑。

　　如果這就是愛,那愛實在太過美好了,好到總是使我們陷入某種純真的幻覺之中。宛如在潮溼的夏夜裡跋涉千里,只為看一眼螢火蟲的微光。這種宿命般的吸引力,又有誰能抗拒?

　　——愛是我們平庸生活裡的明光。

　　我伸手滑過你的下巴,鬍子已經刮乾淨了,只是仍然殘留了一點扎手的鬍碴,微微的刺癢感讓手心發麻。你像隻撒嬌的小狗,依戀般地順著我的動作,用下巴搔癢我的手心,眼睛溼

1 ── 積雲

　　潤而無辜。這一刻，我竟因此感到一種奇異的滿足，虛榮心跟著膨脹，彷彿自己成為了主宰，能掌控你的喜怒哀樂。
　　──愛讓我們自以為是地偉大。

　　但我知道，你也同樣擁有主導權，或者說控制欲。所以在你收回自己的下巴，猛地翻身，並用雙手撐在我身體兩側的時候，我沒有任何抵抗，只是微微仰頭，將全部的心神奉獻予你，甘願成為那隻被馴服的獸，溫順地待在你身邊。
　　你饜足地彎起眼，屈身在我的額頭上留下一枚憐惜的吻。
　　──愛是將對方仰望成神明。

　　你的重量壓了下來，我像一條被擠壓的牙膏，幾乎失去了所有的生存空間。在彼此身上畫出經緯，汗水在相觸的肌膚間流淌，尤其悶在棉被底下，棉被下的溼黏讓人難以忍受，但你似乎毫不在意，只是更緊地將我禁錮在懷裡。於是我報復似的將自己的汗胡亂沾到你身上，而你卻突然低聲說：「無論如何，我都會一直陪著妳。」

　　我反應過來，你仍對昨天晚上的事情耿耿於懷。
　　當時你試圖將背對你的我翻過身，卻摸到我臉上的淚痕。

你如觸電般彈起,睡意全無,慌亂地用手指抹去我的眼淚。

我為什麼會哭呢?明明你就在身邊,明明我如此相信你。

好奇怪,你的無措甚至讓我感到內疚。

人心是如此複雜。即使有愛,你依然無法完全理解我的悲傷,就像我也無法向你解釋自己內心那個無底的黑洞。我們像是站在舞臺兩端的演員,明明面對面,卻總覺得彼此之間隔著一層無形的帷幕。

可是這並不妨礙我們因為對方而傷心。

──愛讓我們擁有使彼此痛苦的權利。這正是愛的動人之處。

「抱抱我吧。」我說。

或許只要你給我一個擁抱,我就會好了,我就能從這片混沌中找到出口。

愛其實不複雜,所以我還是願意相信愛,如果你是光。

03

你若是光,我就該墜入深淵。

1 ── 積雲

你若是神,我理應背叛信仰。

04 ──

在那年最冷的二月,我第一次將自己經年累月的長髮剪到肩膀之上。

一次次嘗試去改變什麼的時候都像站在懸崖邊,總是讓人感到驚懼與不知所措,因為生活裡其實並不需要過於劇烈的震動,偶爾的暈眩已足夠讓人失去平衡。

我們都害怕失控,害怕無法預測的結果,所以寧願蜷縮在熟悉的殼裡,假裝一切如常。

我幾乎不敢看鏡子裡的自己。

忍住了在每一刀落下時想要尖叫出聲的衝動,彷彿剪斷的不是髮絲,而是某種與過去緊密相連的紐帶。地上的髮絲越積越多,像一場無聲的雪,覆蓋了所有退路。

朋友握著剪刀的手很穩,她看著我緊繃的表情,忍不住笑了出來。

為什麼這麼害怕呢。她問我。

在她問話的間隙中，我悄悄打量著鏡中的自己——那張臉因為短髮而顯得陌生，卻又帶著某種新鮮的氣息。看著散落一地的髮絲，我忽然想起那些曾經拚命想留住卻最終失去的關係。如同試圖抓住流沙，越是用力，流失得越快。

　　因為我不喜歡做太大的改變，尤其是這種毫無退路的、不知道將會是好還是壞的改變。我從來沒剪過這麼短的頭髮，不知道自己適不適合這樣的髮型，不知道自己會不會後悔。我誠實地說。
　　可是如果妳真的不願意，妳一開始就會拒絕了。這代表妳是嘗試想去改變的，不是嗎？而且，如果不嘗試的話，妳又怎麼會知道自己喜不喜歡呢？後悔又有什麼關係？她說得理所當然。

　　我頓時啞然，找不到任何反駁的話。
　　就當作是一次的革命吧。我們都要學會割捨，無論是什麼。畢竟，我們並不總是能掌控所有事情。只要相信自己就好了。她意有所指。

　　我認真地看著鏡子裡短髮的自己，在短暫的不適應後，取

1 ── 積雲

而代之的是新奇與欣喜。外在的改變有時候確實比內心的變革更為簡單有效，原本如毛線般糾結的思緒，似乎也隨著髮絲的落下變得輕盈起來。

我出乎意料地喜歡自己的新髮型，彷彿完成了一次蛻變。

原來，我也能夠勇敢地面對自己所作的選擇，而不感到後悔。

我迫不及待地想將這個新造型分享給愛的人們看，卻在拿起手機的瞬間，仍不免俗地想起了你。

其實你早已不再出現在我的日常裡，但是我在生活裡所獲得的快樂，卻依然慣性地想要分享給你。這種衝動像是某種習慣，又像是某種執念。

儘管你曾是使我陷入苦厄的險境，儘管你讓我質疑過愛的真相。

我們怎麼就成為彼此的災難了呢？末日明明還那麼遠，我們卻提前將彼此推入了深淵。我至今仍然想不明白，為什麼那些曾經的光，最終成了一場大夢，醒來時只剩空蕩蕩的房間與無盡的沉默。

如果將一個人徹底從自己的生命中剝離,能夠像剪短頭髮一樣容易就好了。

　　每一次想起你,都像是一次破戒。

　　我多希望你也能時常想起我,像從天堂叛逃的囚犯那樣依賴地想起我,像餓到失去食欲時那樣矛盾地想起我——兩個人的動盪總好過一個人的,至少這樣才比較不寂寞,痛苦也不會顯得那麼單薄。

　　後來,當我頂著短髮碰見越來越多的人,他們都對我的新髮型讚譽有加。這種讚美讓我感覺自己身上多了一種可見的生機,像是枯木逢春,重新長出了嫩芽。

　　你看,我也會愛自己。

　　所以愛並不骯髒,骯髒的從來都是人心。

　　神說要有光,於是我選擇信仰自己,而非信仰你。

05——

　　「神稱光為晝,稱暗為夜。有晚上,有早晨,這是頭一日。」——創世記 1:5

1 ── 積雲

如果生命有倒影

如果真有那一天，
我希望不要被忘記。

　　沒有刺鼻的消毒水味，沒有門外來來往往的腳步聲，也沒有儀器單調的滴答聲。只有一根燃燒殆盡的蠟燭，在短促的明滅間安靜地接受了自己的結局。燭淚蜿蜒而下，凝固成河床般的紋路，像是時間在掌心刻下的最後一道印記，靜默而深刻。

　　一切似乎都很平和。
　　彷彿只是極其普通的早晨，有人輕輕闔上雙眼，決定從此對這個世界的紛擾通通視而不見。冷卻以後的蠟油凝結成靈魂的形狀，清風中夾雜著一聲若有似無的嘆息，像是在對人間做最後的告別。

　　這些年下來，我逐漸理解了李娟寫在《遙遠的向日葵地》裡的那句話：「人是被時間磨損的嗎？不是的。人是被各種各

樣的離別磨損的。」

　　無論深淺或新舊，離別總讓人感到惆悵。
　　新的離別帶來新的眼淚，可舊的傷口仍會在深夜隱隱作痛，猶如一根埋得很深的刺，不小心觸碰到，依舊讓人猝不及防。

　　我們總以為自己作好了面對離別的準備，可當那一刻真正來臨時，所有的心理建設都像紙糊的堤防，如此輕易就被悲傷的浪潮沖垮。所有僥倖的心態，都只是安慰自己的謊言，並沒有辦法真正地釋懷。
　　生命是如此脆弱，卻又充滿韌性。
　　儘管清楚世間生老病死的規則與道理，卻始終無法坦然接受死別，這與生離總歸有所不同。告別向來是一件悲愴的事情，無論重複多少次，都無法習慣。

　　長年遠行的途中，總是因為地域和時差，我一直在與許多無法彌補的遺憾擦肩而過。
　　先是奶奶在意外中驟然離世，那通電話來得突然，我甚至來不及反應，耳邊只剩下空洞的忙音。接著是爺爺在中風之後每況愈下的身體狀況，家人們頻繁地出入醫院，與許多照護機構打交道，看著爺爺從能說能笑到只能以眼神回應。然後在相

All The Rain Becomes My Tears

1 ── 積雲

隔甚短的三年之後，又一次撥打了葬儀社的電話，熟悉的流程卻讓人更加無力。

我總是對時間流逝的速度感到詫異和心慌，像是在看一部電影時不小心睡著，再突然驚醒那樣，根本不知道自己是否錯過了哪一些重要情節。

而與此同時，生命的易逝性就彷彿被螢光筆特別標注出來似的，在一串串庸常的臺詞當中格外刺眼，落幕後只餘一片悲涼，散場後的戲院空蕩得令人無所適從。

小時候，我也曾見證過生命的終結。

但那時的我對世界的殘酷與無常一無所知。而無知向來是最安全的庇護所，我只是在該表現出情緒的時候給出與大人相似的反應，該哭的時候哭、該沉默的時候沉默，根本不懂所謂的「永別」究竟意味著什麼，也不明白大火之後的濃煙會飄向何方，離去的人是否還會記得回家的路。

無能為力的事情太多了。

或許某天，我也會在轉瞬間熄滅，成為他人手中香所拜向的那一罈灰。在輕煙裊裊之中，我不再像從前那樣看向神佛、

背對眾生。回頭接住的,也不再是虔誠和信仰,而是緬懷與傷感。那些曾經以為重要的執念,在時間的沖刷下,都將逐漸變得輕如塵埃。

如果真有那一天,我希望不要被忘記。
被留下來的人們,請繼續好好地生活。
至少,至少我們都不要傷心太久。
就讓我們彼此銘記,點亮長明燈,做彼此的引路人。

——白骨落滿山,覆一抔之土,以敬故人長辭,亦願載世皆通明。

閱讀情境音
——驟雨——

輯
2

驟
雨

I wish you hell

我們就別提從前了吧,
反正也沒有以後了。

01 ———

　　能擁有回憶是一件很美好的事情。你離開時這樣同我說。
可是只擁有回憶,又是一件多令人心碎的事情啊。

02 ———

　　結果後來,我記得最清楚的竟然是我們最後一次見面的那天。
　　其實我並不願意這樣,只是傷心向來比快樂更加深刻。

2 ── 驟雨

太久沒見面了,我已經快要記不清你的面容了。

回去翻看照片,那時候的你和我們都陌生得令我感到有些惶恐——我甚至不敢去細想,過去的你和現在的你,哪個你會更讓我感覺陌生。

幻想過無數次再相見的場景,想的次數多了,似乎也沒有那麼想要再見到你了。

你現在的頭髮是不是長長了許多?你還留著我送你的那條皮帶嗎?你還是習慣戴那頂黑色的毛線帽嗎?你鍾愛深色,我終究是來不及告訴你,其實我覺得你更適合淺色。

但是好像也不重要了。如果你不是那般自私又自大的人,當初怎麼會對我眼裡的痛與挽留視而不見。

所以在你那裡,我早就過時了,是嗎?
我的意思是,我們已經與彼此無關。

當時是那樣的。
我如同一個盲目的新手賭徒,以我們之間僅剩的情分與舊夢作為籌碼,無助但任性地隨意下注,也不知道究竟希望從你那裡贏得什麼。或者說,我不知道還能奢求什麼。

然後聽著你，聽著你一遍遍向我強調，過去的事情已經過去了，以後也沒有以後了。你的聲音平淡如失去餘溫的派對，緩慢但堅定地割開我偽裝許久的層層平靜。

我那時候是什麼表情呢？我忘記了。
該擺出什麼樣的表情才合適呢？腦袋一片空白，心臟空寂得恍若能夠聽見回聲。

是的，這時我應該哭，我應該要哭得撕心裂肺才對，要哭得讓你共情我此刻的破碎。我要你仔細地看著，看著你是怎麼用你說出的一字一句，狠狠把我撕成碎片的。我後知後覺地想著。

你似乎很愧疚，眼睛都紅了，是我第一次看見你這副可以稱得上是落魄的模樣。我應該感到心疼，但我卻覺得有些虛偽。
你真的感到愧疚嗎？我已經分不清什麼才是真實的，或許是因為我多麼希望此時此刻所面對的一切都是假的。

你握著我的手，訴說著你的歉疚、無可奈何與無能為力，好像希望我能理解什麼，可是你的言語和愧疚只是無用的棉花，

2 —— 驟雨

我的眼淚只會讓你背上更重的罪與恨,並不能讓誰感到釋然,而釋然不應該,也不可能是我們之間的結局。

你笨拙地用手指抹去我臉上的淚,你很少看見我哭吧。
是啊,你連如何處理我的悲傷都毫無經驗,卻先予我更壯烈的悲痛與心碎。

看著我哭的時候,你在想什麼呢?
你想著要趕快擺脫之於你自己過於沉重的羞愧和負疚,你甚至希望我能對你產生其他負面情緒,要我討厭你、怨恨你,說如此我才會好過——曾經那樣熱切向我慎重說出愛,並且渴望被我愛的人吶,如今竟然希望我去恨。

你並不是為了我,你要是真如你嘴上說的那般深情,又如何會摧毀我那因你而對所謂情愛產生的憧憬與嚮往。
你這麼做,只是為了讓你自己好過,只是為了去稀釋你的罪惡感,你比誰都要清楚。我卻還在深情地一遍遍重複播放彼此的豐盛往事與情懷,試圖讓你有所動容。
但你依然朝我扣動了扳機,我無處可躲。

一切都發生得太快了。一時分不清誰的演技更好。
　　我們怎麼會變成這樣呢？你怎麼會對我說出這些話呢？怎麼能夠。

　　再也沒有辦法將此時的你和當初溫柔對我說愛時的你劃上等號。
　　愛確實是把利刃，我將它交予你，卻從未想過有一天你的刀尖會向著我。
　　真可怕，我忽然不知道醜陋的是我，還是我對你的愛。

　　哪怕、哪怕愛是免費的行為與思想，但卻是我最珍貴的一部分吶。
　　多可惜我的愛也沒能讓你留下來，你視它為累贅，而你懦弱得無比堅定。
　　──你的愛彷彿短如昨天，猶豫和傷害卻長過我們曾允諾的永遠。

03──

　　人在擁有的時候，向來不太會去計較回憶的多寡，因為總

2 ── 驟雨

是有恃無恐地想著還會有許多的下次。

那時候,動情的我們夢幻又單純,如同包裹著彩色糖衣的子彈。嚐到甜時,就忘卻內裡包裹的東西是如此致命,成日溺在彼此的眼神裡,以為能感到孤獨才是一件奢侈的事情。

接著,在失去之後開始拚命回憶,試圖從過去的各種美好細節裡,去具體化我們那變得模糊不清的未來,彷彿靠著想像力就能過完剩下沒有彼此參與的日子。

在分開後的每一天,我無數次翻看你所有的社群媒體,試圖從蛛絲馬跡中抽絲剝繭出你的近況,為什麼你看起來好像一點都不傷心呢?我困惑至極。

然後在無數的夜晚裡,我的情緒恍如道道海浪不斷湧上,而我被一次次擊潰。那時的我煎熬但仍天真地想著:明明我們如此靠近,為什麼不能回到過去那樣呢?

是啊,怎麼可能,我對於回到你身邊的一點念想都沒有呢?
那些與你一起的片刻,在分離之後變得更加清晰。
然而,始終無法成真的美夢,有時候看起來比惡夢更像是惡夢。

那些美好的回憶過於刺眼,甚至開始讓我感到痛苦。

我不敢去翻看相簿或是我們的對話紀錄,但我也捨不得刪除──一切都彷彿在昭示著:「我們」已經過去了,以後只有「我」和「你」。

那樣甜膩得彷彿相融在一起的我們好比未燃燒完全的蠟燭,就此停住,可是已經看不出原貌,再也恢復不了。

為什麼會這樣呢?我們怎麼會變成如今這副模樣?

我有好多疑問,而這些你沒有解開,也不願意解開的問題,在你離開之後,我問了自己無數次。我不知道我們之間是從哪一步開始出了差錯,但我要的是正確答案,還是真相嗎?或許已經不重要了。

重要的是,我得先釐清我是把哪一部分的自己留在了你身上。

我把哪一部分的自己剝離了,又是用哪一部分的你去填補了那個空缺。

而你也不會知道,在你瀟灑脫身之後,我花了多少個日夜,仍然沒有辦法把自己拼湊完整。好奇怪,明明我本來是完整的啊。

2 ── 驟雨

你只是無關緊要地發來看似關心的訊息,卻是在反覆撕扯我的傷口。

我感到荒謬至極,甚至有點噁心。

「希望妳一切都好。」
「我依然非常喜歡妳,只是不再愛妳了。」
「妳很好,一切都是我的問題,而妳值得更好的人。」
「我知道妳很痛苦,我也是。」
「可是長痛不如短痛,這對我們來說,是最好的決定。」
「我不求妳原諒我,我只是想和妳說,我真的很抱歉。」
「妳永遠是我的家人,妳永遠在我心中擁有一個特別的位置。」
「我很在意妳,還是想和妳做朋友,我希望我們能保持友好的關係。」
「如果妳需要我、想要見我,就隨時打電話給我,我隨時都在。」
「妳很優秀,妳很漂亮,妳很堅強。」
「一切都會好的,妳只是需要時間,妳會走出來的。」
「經過這一切之後,妳會變得更加強大。」
「只是很抱歉,我幫不了妳,剩下的路我不能陪妳一起走

下去了。」

「請照顧好自己。」

　　所以你是抱持什麼樣的心態，和我説這些話的呢？
　　我怎麼會是從你的口中聽到這些過於陌生的、安慰的話呢？怎麼會是你啊。
　　這些話怎麼會是從你這個曾經信誓旦旦説會永遠珍重我、會盡全力讓我幸福的人的嘴裡説出來的呢？你還不只一次提過未來和永遠。

　　我總算意識到，你沒有辦法共情我的痛苦，你也沒有辦法解決它。
　　我其實能夠接受你不理解我的痛苦，因為不是你經歷我的經歷，就像我也不理解你為什麼要傷害我一樣，是相同的道理。
　　可是你自己的選擇也真真切切地傷害了我，這是事實。

　　一切都是真實的啊。曾經的我和你，以及現在的我和你。
　　令我感到掙扎的是，我無法否認過去那些與你之間美好的所有片刻，也無法否認那時候的你。無法否認過去的一切的我也無法否認如今的一切，哪怕早已面目全非。

2 ── 驟雨

　　所以現在的你和我記憶裡的你是同一個人嗎?或者是,原來你一直以來都是這樣的人。

　　我曾經深切愛著的你,究竟是什麼樣的人呢?
　　我好像從未真正了解過你。

　　其實,你並不真的感到愧疚吧?你並不真的為傷害我而感到抱歉。
　　你只是羞愧,羞愧於向我展示了你自己或許都沒有看清的你的真面目。你只是不想要承認原來自己是這樣的人,於是把那份羞愧轉移到我的身上。
　　一個不敢也不願面對自己的真實的人,又真的理解過自己口口聲聲說的「愛」是什麼嗎?

　　是啊,愛是什麼呢?看著那些訊息,我忽然感到迷茫。
　　你只需要花上幾分鐘,就能把這些看似真誠但實則虛偽的字句打出來,並傳送給我,可是我又需要花上多長的時間才能真正原諒或是釋懷。

　　你不知道因為你,我開始懷疑自身的價值,我開始懷疑自

己對於世界的認知，我開始懷疑過去我們一起經歷的全是幻象，我開始懷疑愛的本質與意義，我開始懷疑關於你的所有——明明我原本不需要承受這一切。

所以是從哪時候開始，你說出來的每一句話都是在告別？

或許早有端倪了。只是我太過相信你，相信那個說著「我想為妳變得更好」的人。

我還能相信你什麼呢？畢竟就連來和我坦承的時候，你也不夠誠實吶。

究竟是從哪時候，你開始分心了呢？還不自覺地對我刻薄至極。我竟不忍細想。

在我們鬧彆扭的那短短十分鐘裡，你用歉疚無比的眼神看著我，不厭其煩地一遍遍握住我想要掙脫的手，說人生短暫，不要吵架，多看看彼此吧。

在我們漫步於林蔭小路上，我搞不清楚方向，你笑我明明走過無數次卻還記不住路，說我若是沒有你該怎麼辦，我應該學會獨立一些。

在我生日那天，在你與你家人的陪伴之下，閉著眼滿心歡喜地對著蠟燭許下「我們要長長久久在一起」這個願望的時候，

2 ―― 驟雨

你在想著要如何離開我。

在所有我曾經刻意忽視的細節裡,你的心早已游離。你的背叛鐵證如山。

是的,根本不會原諒,也不值得原諒,毫無必要。

若是原諒了你,我就是背棄了自己。

或許比起你,我更恨的人是自己,可是我只剩下自己了啊,我該怎麼辦?

難以與自己和解的情緒幾乎要將我毀滅,然而我必須正視,因為我還要生活下去,我還要活下去;因為我在乎,在乎所有擱淺在我身上的愛痛與怨恨。

我必須在乎,也只有我在乎了。

因為不能理解,明明有那麼多的細節都在提醒著我,為什麼當時的我卻視而不見,盲目地高聲讚揚著我們的愛已經臣服於時間的宏偉,徹底被彼此馴服。

因為不能理解,為什麼會被自己真心相待的人這樣對待――一邊向自己說著對不起,然後一邊將刀子狠狠捅進自己的心臟。

你以為傷口只是刀子的形狀大小，但你不知道裡面是怎樣的血肉模糊。

是啊，一切的和平都是假的。
我說沒事的時候，你怎麼就相信了呢？

04 ——

我答應和你繼續做朋友。
我想要把你留下，想要留在你身邊。只有這樣強烈的念頭。

那時候的我尚未搞清楚，是因為捨不得嗎？還是不甘心呢？或者是為了留下來，留下來看你是如何將我對你的愛意慢慢耗盡，繼續累積失望，然後在心裡預演無數次與你道別的場景，到時候我就能成為我們之中，先頭也不回離開的那個人了。
畢竟，已經沒有更壞的結局了，不是嗎？

我裝作沒事一樣繼續和你交流來往，沒想到反而是你不自在了，你甚至羞於再向我提起那些過往和痛楚。明明曾經的我在你面前是如此坦率的人吶，我現在甚至學會了如何假裝開朗、

2 ──── 驟雨

如何不露痕跡地岔開話題,如此善解人意,留有餘地。

　好像在藉此迫切地向你表示:看吧,我對你這麼好啊,明明我們的相處和互動都與過去沒有多大的差別,那為什麼我們不能和好呢?為什麼不能堅定一點呢?
　──原來不平衡的關係,從一開始就是如此。

　而你因此越來越放鬆,似乎終於找到和我相處的平衡,你甚至覺得保持現狀最好,不需要有太多的變化。你還是太過安逸舒適了,因為你覺得你從未失去過我,或者你以為我已經忘卻了曾經的傷痛,釋懷所有。
　我像樂園裡的小丑一樣,每天都在向你表演開心,分享一堆無用、卻全都不是我真正想要說的話和日常,只為得到你獎勵似的敷衍回應。

　於是我慢慢意識到,對你好的時候,其實我一點都不快樂。
　明明我才是那個被傷害的人吶,可是為了成全你的自私,也為了讓你在和我相處時感到自在與輕鬆,我好像忘記了自己其實很傷心──我怎麼可以忘記呢。
　我的悲痛是如此滯後。我根本沒有好起來,我只是選擇留

下來，繼續潰爛。

所以為什麼對你好和對我自己好，這兩者會有所衝突呢？

我從你身上獲得了什麼嗎？我以為人與人之間的交往應該要是價值上的交換。
你既沒有給我時間與陪伴、沒有給我正面的情緒、沒有給我金錢，你什麼都給不了我，也不願意。或者可以這樣說——你之於我毫無價值，你只是困住我的夢魘。
你只想用最小的代價留住我，你是如此善於權衡利弊。

所有你以為的，我給予你的體貼與體面，並不是因為我善良大方，這種從你口中聽過太多次的稱讚一點也沒有用，你又何曾因為我的好而對我有更多的憐憫和珍惜。
沒有其他原因，只是因為我想成為那個會讓你無比後悔並惦記一輩子的美好存在。
然而我發現，這樣做並沒有讓我比較好過。

我們自以為對彼此的溫柔，比存放我們過去的那個荒廢樂園還要空寂。

2 —— 驟雨

這一切都太荒謬,也太可笑了。

或許正是因為我還在期待著什麼,才對你依舊有所執著。
我在期待什麼呢?我期待著你能有所改變,我想要你真正成為我幻想中你可能會成為的那個模樣,我期待我自豪的想像力能很快被現實兌現。
我在意,所以痛苦,我正在為此付出代價。

但必須承認,有點上癮。
因為沉淪在痛苦裡比追求幸福容易,好似一種病態行為。

我知道身分上的轉變並沒有讓我們之間的關係變得平衡。
你還是一樣自私,你只在自己狀態好的時候來「愛」我一下、來「關心」我一下,你依舊無視我的掙扎和隱忍,你已經不對我們之間逝去的一切感到傷心與遺憾。

我憤恨、我不平,我不理解為什麼自己不能被堅定地選擇,也不理解為什麼自己會被拋棄。然而,當我意識到這會讓我如此難受和不甘心的時候,我感覺自己好像正處於某種困境。
我不停地放大自己所感受到的委屈,我不甘願自己是那個

「受害者」。

　我的所作所為是為了贏回你的目光嗎？我真的還想要你的愛嗎？
　或許不是，或許我只是想要滿足自己的某種欲望，或許我只是因為自尊心被狠狠踩在你的腳底下，或許我只是害怕被拋棄，我不服輸、我想贏。
　我不允許你高高在上地垂憐我。

　你說你在乎我，所以希望我幸福。
　我也在乎你吶，但我一點都不希望你在離開我以後幸福——因為我恨你。
　恨的力量比你想的要強大，我沒有你想得那樣善良，而我只想詛咒你千千萬萬遍。

　我留下來是因為我恨啊。我是恨你的，我如你所願地恨著你。
　恨宛如一隻兇殘的鷹，啃食著我新鮮的屍體，而我仍清醒地感受著被生吞活剝的痛。
　恨或許是愛留下的疤。

2 —— 驟雨

憤怒與怨恨使我困在原地。
劇烈的情緒波動讓人上癮。
時間有時候反而是催化劑,我的愛似乎只能靠恨從你身上剝離。

當我愛得太痛苦的時候就會開始想,所以我對你真正的期待與執著,會不會其實與愛不愛根本沒有關係?
但是我依然需要你,需要你來完善我的好人面具,我對我想像中你投射出的我的形象感到滿足和感動;我只是在等,在等你向我認錯,我期待看見你因為失去我而悔恨一生,從此孤獨終老。

愛恨入骨,纏綿如夢,醒時唯見苦殤徒。

你說,會不會當你真正感受到我對你的恨時,卻自戀地以為我還在愛你。
你說,我要愛你還是恨你,才會讓你對我更加難忘?

05 ──────

　　那是一個再普通不過的夜晚。
　　我們在結束一天的工作之後相約見面，一起光顧了那間我們去過無數次的餐廳。
　　我也一如既往地把自己餐食裡的番茄撥到一旁，接著，你自動且熟練地將它們放進自己的盤子裡，說著「妳還是不吃番茄啊，為什麼不試試呢？」這樣的話，再替我把它們全部吃掉。

　　是啊，我向來是如此固執的人，還是不吃番茄，這個我認為無傷大雅的偏好並沒有因為和你分開而有所改變。
　　你也沒有改變，不是嗎。就算你開始喝起了曾經讓你難以下嚥的咖啡，並不代表你改變了，不是嗎？你知道我說的不是這種改變。

　　畢竟人類向來是討厭改變的動物。
　　因此，我們總是期待著他人能夠改變，最根本的原因還是因為自身不想要去改變，覺得或許依賴他人就能夠相互成全。

2 ── 驟雨

　　一切景象都與過往重疊，幕幕皆似當年，卻已不是當年。
　　我聽著你提起你假期時的旅行，我認真看進你的眼睛，笑著應和你說的話語，你分享的日常在我聽來卻味同嚼蠟。
　　我似乎對你喪失了好奇心。你徒有一身空虛，百無聊賴。

　　我終於應證了，原來某些東西真的悄然改變了──之於我來說，你好像沒有那麼特別了。或者說，卸下厚重的濾鏡之後，我終於把你看成一個普通人了。
　　你身上並沒有任何光芒。

　　我總算從我為自己編織的虛假的夢裡清醒了過來。
　　而此刻，我曾經誇讚過無數次的你的淺色眼瞳在燈光下因此顯得更加空洞，我忽地想起你也曾無數次說起你的寂寞，那模樣如同即將報廢的電池，我彷彿還能聞到一股靈魂正在發霉、腐爛的味道。

　　會不會，其實一直以來都不是我需要你，而是你需要我，並讓我以為是我需要你。
　　或許我曾經需要你，需要你的注意力、需要你的看重、需要你的愛與悔，曾經那樣懦弱的我需要在你身上滿足內心的

自戀。

可你光鮮亮麗的一切全是表象吶,在我為沒看見你過得有多糟糕而感到心煩意亂時,我才恍然發現,原來你一直都沒有好過。你就是如此平庸。

透過種種細節去撕開層層醜陋又偽善的面具,我總算不需要再繼續美化你,只覺得你的一切都是如此索然無味。

是啊,你一直以來都是這樣,從來沒有改變過。

也許你曾用短暫的真誠打動過我,但是我一直以來捨不得的,只是當時的我自己。

或許是因為你能給的也就那麼多了,你的愛的品質是如此低劣,好比濫造的批發貨。

我終於真心實意地笑了出聲。
我知道我等的就是這個時刻。

停在這裡最剛好。
還需要什麼結果呢?或許不是所有故事都一定要劃下句號。
只要你沒有任何改變,我就知道我無法再對這樣的你抱持

2 ── 驟雨

任何期待,而離開你原來並沒有我想像的那樣困難。

　　正如卡繆在《鼠疫》裡寫下的那句:「我曾非常愛你,但如今我太累了。我離開你並不感到幸福,可是並非需要幸福才能重新開始。」
　　我要往前走了。

　　離開餐廳以後,我們如往常一般一起去了河邊散步,道別的時候和往常一樣說了再見,如同我們的開始,平淡得掀不起你心裡一絲波瀾。
　　你不會知道那一次我說的再見,是真的打算再也不見的再見。

06 ──

　　自從那天起,儘管你依然躺在我的通訊錄和朋友名單裡,我卻沒有再主動聯繫過你。
　　我只是繼續過著我的生活,而我甚至覺得,沒有你的時候我感覺更加放鬆,不需要去想你什麼時候會回覆我的訊息、不需要去關注你那些我早已知道且無聊至極的日常和狀態,一切

都如此平和。

　　我恍然，這明明就是我在遇見你之前的狀態和生活啊。
　　被兩個人的美好回憶沖昏了頭腦，以致於在我想要陪伴和快樂時，我下意識地想去找你、聯繫你，認為必須和你一起才能擁有，差點以為自己喪失了獨自快樂的能力。

　　可是認真去想想，我們相處在一起的那些日子裡，真的有哪些片刻，深刻且讓我動容到能使我不顧一切地一再降低我的底線，只為了留住你、讓你回到我身邊嗎？
　　我悲哀地發現，似乎沒有。而我竟然說不出，有哪一刻是我真真切切想留住的、無可替代的。你在我記憶裡的溫柔面貌逐漸扭曲、模糊。

　　當時是因為，太害怕失去你了。可現在細細想來，我為什麼會害怕失去你呢？真奇怪，你哪裡值得成為我情緒的主宰呢？
　　當我困在你帶給我的巨變和痛苦之中時，當我面對你而感到無力、煩躁、怨恨與委屈時，這些你通通不知道啊，你可能起過疑心，然後很快又忘記了。

2 ── 驟雨

　　──還是不要了吧。我不要你了。
　　我終於有勇氣這樣說出口。我終於有勇氣這樣告訴自己。

　　因為我決定，我要好起來了。
　　我想要擁有新的生活，而我的新生活裡不需要一成不變的你。

　　你以為是你陪我走過這一段路，但不是的，分明是我陪你走過了這一段路，你感受到的輕鬆與自在不過是我對你最後的包容和耐心。
　　苦苦等待你的蛻變，到頭來發現你依舊毫無長進和變化，你對生活的疲累及屈從只是反映了你空乏的內心，你如此不成熟地自以為偉大。

　　當時你說著「妳很優秀，妳值得更好的人」，不就是沒有一點想要為我或我們做出任何努力或改變的意思嗎？你不滿現在的生活與自己，可是你依然站在原地打轉。
　　我想，或許你一輩子都不會改變了。

於是，在你又一次敲響我家的門、問我為什麼不回覆訊息時，我沒有說話，只是聽你訴說著你太過後知後覺的悔恨與心傷，試圖用過往「無瑕」的美好來打動我，我忽然覺得⋯⋯我們都挺可笑的。

互相傷害究竟是為了什麼呢？我想不透。
你的模樣顯得相當慌亂急迫，你的氣息我太過熟悉，但你的擁抱和道歉卻粗糙得讓我感受不到一絲絲應有的熱度。

你有沒有覺得此刻的場景有點熟悉呢？像不像你來宣告我出局的那一天。
我失態地拉著你、抱著你，只祈求你再給我們彼此一次機會，你如同審判的神，只是悲憫地又冷靜地看著我，接著搖了搖頭，徹底掐死我心裡的希望。

當時的我既憤怒又失望，因為我發現你從來不懼怕將自己置於會失去我的境地。
你害怕我傷心，你害怕傷害我，你害怕我繼續愛你，你害怕我走不出陰影。你害怕很多很多，就是不害怕失去我。你可曾想過，這有多荒謬。

2 —— 驟雨

既然到了現在,我又怎麼能給你從愧疚中解脫的機會呢?

我又為什麼要原諒呢?
曾經沒有,現在更不會。

此刻就是我期待已久要發生的。這似乎是我預想中的「完美結局」。
我因此感受到了快意,可是緊接而來的是無趣。

我曾經清晰地計畫過,在精神與肉體都能真正離開你之時,我應該要向你說哪些話、表明什麼樣的態度,我應該長篇大論,讓你明白我的苦心與我曾經誠懇的愛意。
我想要邀請你一起演出一場盛大的告別。

可是此刻,我覺得好像沒有這個必要了。
之於你來說,何來的原諒呢?你並不是真的在意我的痛苦,你只是想以此緩解你的痛苦。而你在痛苦的時候只會一再放棄我——我知道你本質上是一個多麼自私的人。
所以就別再談論原諒與否,到此為止吧。算了。

你就，繼續爛下去吧。
我衷心地祝你永遠不幸福。活該不幸福。

07———

我們就別提從前了吧，反正也沒有以後了。

2 ―― 驟雨

汰舊

在我這裡，
你的衣物就如你的人一般，早已逾期。

01 ――

　　「正因為你為你的玫瑰花費了時間，這才使你的玫瑰變得如此重要。」――安托萬・德・聖修伯里《小王子》

02 ――

　　空氣裡的燥熱時不時地干擾我的心神，明明已經是晚餐時間，窗外卻還是一片炫目的藍與點綴的白。一切都是為了迎接夏天，日照的時間越來越長了，像是哪怕拖著一襲長而華麗的禮裙也要不辭辛勞地前來慶賀。

　　不知道為什麼，在每一次季節遞嬗之際，我總會不由自主

地產生「是時候應該要買新衣服了」的想法。但是在採取這個行為之前，還是必須要先確認自己的衣櫃是否仍有充裕的容量。

　　我當然喜歡穿新衣，可是我仍然有許多捨不得丟掉的舊衣物。

　　然而不只舊衣，所有的舊東西、舊事與舊人，我從來都難以主動去捨棄。

　　好像只要將他們全都留下來，就宛如別上了某種證明自己活過的榮耀勳章，因為倉卒且短暫的人生裡，也必須要留有一點豐富的痕跡，不然看起來就太空蕩、太寂寞了。

　　哪怕其實知道，留下來的很有可能並沒有任何用處了。

　　但心底似乎有道聲音不斷地在說服自己：可是說不定呢？或許會有用上的那一天。

　　於是更多無用的東西就留了下來，積累灰塵之後再作為累贅的裝飾，或者用來彌補某些曾經以為能夠雋永的悔憾和心傷。

　　是了，不就是為了滿足所有的「我以為可以」嗎？

2 ── 驟雨

　　我以為可以,明明可以留住,永遠成為我的一部分──

　　比如早早因為不再經常穿而被壓在收納箱最底下的衣物,終於在過季之後的某一次整理重見天日,想著錯過又或丟掉都太可惜了,那就等到下一個合宜的季節再穿吧。於是又將其放回原位,重新掩埋,可是也不會刻意去記起。

　　比如因為在現今的生活裡嚐不到甜,於是只好反覆溫習舊夢,如同唯一的倖存者一般,耽溺於所有災難發生前的奇蹟與快樂,不變的幸福讓人感到無比踏實。

　　比如曾經耿耿於懷某個人事物,在時間的稀釋之下,好不容易逐漸變得不再重要,也不會再時時刻刻想起,卻在好像真的要放下的時候,又忽然決定重新拾起,只為了解開某種難以言喻的執念,而選擇再向神明祈禱一次又一次,正如當初那樣。

　　──就好像,擁有越多故事,靈魂就越有重量,生活也會因此而更加美好。

是啊，為什麼一定要捨得呢。

我曾經為他們付出了那麼多，交換了多少個秘密和季節，他們身上還存有我的眼淚與影子，為什麼我不能全都留下來呢？或許我會因此被獎勵一點新。

然而，當我必須繼續負重前行時，我才察覺到，戀舊的情節之於我來說就是多餘的負累。

樂園早已毀於一旦，哪怕以腐敗的血肉為祭，廢墟上也開不出花。

生活是這樣的，從來不缺新，而舊的只會更舊。
所以，如果我留著那些舊，我會不會也變得越來越舊？

03──

漸暖的風與無雲的天，我決定在窗邊掛起風鈴，來取代你的空缺。

儘管就要將你從我的生活裡徹底移除，我依然會哀悼似的想起你。

怎麼可能不想起你呢？畢竟我曾經傾注那麼多的心血與時

2 ──── 驟雨

間在你身上，我向你渴求的所謂的、完滿的結局都尚未看見，怎麼能甘心。

然而，你就像朵委靡到已經爛在泥裡的花，哪怕我如何悉心照料也無法使你重獲生機，這令我感到疲倦與絕望，但是你也沒有美好到能夠讓我願意再花費額外的精力去做成精緻的壓花書籤，只為用來珍藏一生。

於是，在我總算下定決心要清理家中過多的舊物時，你也將成為其中之一。

不要你了吧。都算了吧。不再去計較所有的得失。
這些模糊而充滿毀滅欲的想法逐漸成形，如囚鳥終於得到了掙脫般的自由──這似乎是我終於找到的、寬恕自己的唯一方式。

只要微風拂過，風鈴就會發出清亮的碰撞聲。
我慢半拍地想起，這裡還有你忘記帶走的衣物。其實上面獨屬於你的氣味已經消散殆盡，只殘留隱微的洗衣精的清香與某種陳舊的味道。
好像在昭示著，在我這裡，你的衣物就如你的人一般，早

已逾期。

但我又怎麼可能會告訴你這些事情呢？

當時我留不住你的時候，還想著，能留住你的其他也是好的。

可是你的氣味和你這個人一樣，都如此容易沒落、褪色，比存在於遙遠歷史裡的遺跡還要殘破不堪，與光陰和別的什麼混雜在一起，讓我從此失去回憶的鑰匙。

你再也沒有用了。

其實我早就知道，你是一場破綻百出的騙局。

可之於我這個已經上癮的賭徒來說，你是我認為還可以不斷加注籌碼的賭局。

還能怎麼辦呢？我找不到停損點，也停不下來。

我既已為你傾家蕩產，你怎麼能不讓我贏？

然而你似乎只想要逃跑，像個喪家之犬那樣落荒而逃。真敗興，也真膽小。

你不能讓我血本無歸，我奉獻了所有啊，我是最不敢，也最不能輸的那一個。

2 ── 驟雨

不能輸給你,也不能輸給我自己。這會讓我感覺一切都只是鏡花水月,而我將成為其中最大的笑話。

不甘心但無可奈何,於是恨意瘋狂生長。
我恨你如此不爭氣,我恨你無數次給予我隱晦或直接的希望卻又從未真正兌現,我恨你花言巧語卻連敷衍都要偷懶,我恨你沒能成為我期待你成為的模樣,我恨你半路拋下了我之後還依然瀟灑快活,我恨你懷揣僥倖的心坦然地享受我對你的好。
我恨你讓我不再是我。

恨得觸目驚心,我甚至覺得恨與愛的模樣竟有半分相似,都使我累,還使我看不清你,更使我看不清自己。
因此當我透過命運的碎片凝望你的時候,好似在看著一個不知道該如何解開的結。

所以,又是什麼時候決定就此停下的呢?
好像只是在一個普通的日子裡,忽然想起了你,終於意識到你其實一直都是如此,而我向來太過自戀,因此我終於願意勇敢承認自己不被選擇、承認自己失敗的時候。
你已經沒有那麼重要,我對你來說也是如此。

這是最簡潔的結論。

不知道在哪裡曾經看過一句話:「失去比擁有還要踏實。」
的確,這也沒有什麼大不了的,就像沒有了你,我的生活也仍舊轉動著。

只是一個小小的、未能解開的結,捲進人生巨大的齒輪裡之後就好比一滴墨墜入大海,漣漪會存在一瞬,卻不會因此而發生任何差錯或位移。

你曾在成為我生命裡,劃過一筆濃重的墨。
因此我需要用更多的色彩去覆蓋,僅此而已。

並不打算辯駁你之於過去的我來說的重要性,但是這些也都不再重要了。不是嗎?
生活或可平凡、或可混亂,但其重量與深意從來都不該以愛與失去的多寡來估算。

那天天氣晴朗,正適合掛起風鈴。

2──驟雨

我即地獄

痛苦沒有任何意義。
愛沒有用。時間也不是藥。

01──

「我寧願大家承認人間有一些痛苦是不能和解的,我最討厭人說經過痛苦才能成為更好的人,我好希望大家承認有些痛苦是毀滅的。」──林奕含《房思琪的初戀樂園》

02──

那些張牙舞爪的灰黑色夢境如同一張細密的網,貼上皮膚時只覺得無端的冷,像是被凍傷那般有些刺痛,卻又不讓我流血。

於是我不停奔跑著,以為終將抵達曠野與自由,卻發現景色在倒退著的同時,也在不斷重複著,像是誰在迫使我一遍遍

溫習過往的愛痛與憎。

　　如今之於我來說，全是苦難。
　　這和在滿地的碎玻璃之上跳舞沒有任何兩樣，而我也不是童話故事裡的主人公，並不會因此就長出漂亮的尾巴或翅膀。
　　或許在他人眼裡看來著實美極了，流的血都宛如珍珠掉落，閃爍著淒美的光澤。

　　可是我深刻地記著他人那虛偽的嘴臉與說辭——
　　「我知道這一切讓妳很痛苦，但是撐過去就好了，妳會變得更加強大。」
　　「這只是妳人生中一次很小的風浪，不代表世界末日就要來臨。」
　　「妳那麼堅強，妳會好起來的，妳只是需要一點時間。」
　　……
　　這些話語像是一把把鈍刀，反覆割著我早已千瘡百孔的心。
　　我因此成為了自己的囚籠。

　　然而悲哀的是，其實大部分獨自痛苦的時候，我還是好好地活著的——這似乎也是一種死法。

2 —— 驟雨

就那樣苟延殘喘地活著，卻又矛盾地渴望能夠成為真正熱愛生活的人類。

這分明才是最大的創傷，久而久之，更是成為了痛苦的源頭。

有時候我會想，這整個世界有沒有可能就是一個巨大的圈套？

就好比我擁有的全是虛無，我本身僅僅是我思想的介質；我的身體是河流，而所有的情緒都只是短暫停留的舟。

可是，痛苦分明真實如風暴，惡劣且兇殘地剝奪著我幾乎難以堅持的生存意志。

我只得揣著無人知曉的空洞，繼續這場不知道什麼時候才會結束的遊戲。

哪裡有光呢？遠方那點微弱至極的燭火與希望彷彿一吹就散。

而所謂的拯救就如薛丁格的貓，甚至不知道抓住的究竟會是什麼。

所以我到底是該寬恕誰呢？擁有更多的創傷就會比較健康嗎？

我也曾經相信過加害者那派為了彰顯同理心或求取諒解的謬論，聽起來像是我應該為此而感恩戴德，似乎他們的無邊惡意才是滋養我成長的最好養分。

　　我向來不理解，為什麼有些人，能夠把傷害說得如此理所當然呢？
　　想要活下來就必須負傷嗎？真令人困惑。

　　曾經，我以為痛苦是意義非凡且崇高無上的。
　　直到我發現，我並沒有因此而成為更好的人，更沒有變得更加強大。
　　我只是終日沉浮於海裡，沒有氣力游回岸邊，也沒有辦法徹底淹沒自己，只能看著一遍遍交替著的晝與夜，已經無法分辨，那絕望的哭聲是從何而來。

　　於是我終於清楚地意識到，是不是，我根本不需要經受這些痛苦？明明不需要的吧。
　　這讓我感覺某部分的自己像是一朵爛在泥裡的、已經不知道被多少人踐踏過的花，可誰又會在意呢？仍然只會繼續枯萎下去，被歲月和其他什麼通通代謝掉，不會再被誰記得。

All The Rain Becomes My Tears

2 —— 驟雨

　　為什麼，大家都說一定要面對痛苦，才會有所成長呢？

　　可是在沒有痛苦的時候，我也好好地長大了，好好地生活著呢。然而卻沒有誰來跟我說，我其實不需要這些痛苦，我不需要這些來證明我是個多麼堅強的人。

　　他們有沒有想過，正是因為直面了痛苦才會如此痛苦。

　　這樣我就會好起來了嗎？真的可以嗎？

　　我想，若是沒有這些痛苦，我應該會成長成更堅韌、更美好的人吧？

　　不甘和怨就像是卡在喉間的痰，不知道該吐出來還是吞下去。

　　怎麼可能沒有想過自救呢。可是我發現，無法成功的事情無論如何都只是徒勞。

　　或許讓那些說著風涼話的人們失望了，這些傷痛並與絕望沒有讓我成為更好的人。它們只會讓我深陷泥沼動彈不得，讓我像個失去理智的瘋子。

　　我的傷口從未被看見，也未曾被妥貼地包紮過。

我寧願假裝自己從未撫摸過那醜陋的疤痕。

我也曾以為是我自己的問題，是不是因為我不夠「健康」或不夠「堅強」，所以才無法輕易消化那些日日夜夜都在折磨著自己的惡夢。

多希望人類的大腦可以自動清除所有痛苦的記憶，只留下感到幸福快樂的片刻，這樣就能夠織就一場永遠不需要醒來的甜甜美夢。該有多好啊。

若是我寬恕了誰，那還有誰會來寬恕我呢？我就能因此而好起來嗎？

所以，好起來就等於更接近幸福了嗎？好起來了然後呢？

可我終究不是一件有些許損壞還能更顯珍貴的古物，我只會變得更加破碎，最後徹底碎成粉末，隨風散去。

我多想要被拯救，可是當我伸出手試圖求救的時候，所有人都以為我只是如往常般在向他們問好——所以為什麼，他們都覺得我能夠好起來呢？

或者說，他們真的期待我好起來嗎？並不在乎傷害他人的人吶，怎麼可能突然有了多餘的良心呢？我依然能看見他們手

2 ── 驟雨

中蓄勢待發的槍和子彈。

　　而後來的我,又該如何獨自將自己重新拼回原樣呢?要花上多長時間?
　　這些通通沒有人在意。

　　全是假的。虛偽至極。

　　痛苦沒有任何意義。愛沒有用。時間也不是藥。
　　我知道我在墜落。

收藏家

就像一個很長很長的嘆息，
擱淺在誰那遲來的歉意裡。

01——

　　在這個人人歌頌著要自足自愛的時代，我就是那盲從的追隨者，站在懸崖邊上，只是不斷地試圖看清遠處那飽含詩意的輪廓，卻從未抵達真正的彼岸。
　　——最難堪不過，我以為已經足夠愛自己的時候，卻發現我就是那個殺死自己的兇手。

02——

　　「可以跟我介紹一下你自己嗎？」
　　「你會怎麼形容自己？你朋友都會怎麼形容你呢？」
　　「你覺得自己相比過去，有什麼比較大的改變與成長呢？」

2 ── 驟雨

　　這些問題總會在某個時刻被拋出，像是面試官的例行提問，或是新朋友間的寒暄開場。而我，總是在回答時感到一陣恍惚──究竟該從哪裡開始介紹自己？是從那些顯而易見的標籤，還是從心底深處那些不願示人的裂痕？

　　展現自信的同時，也必須要留有謙虛與誠實的餘地。這是一種社交禮儀，也是一種自我保護。

　　清楚地明白每一次都只是暫時的沸騰，於是身體上的皺紋越來越多了，所以還是要穿好衣服，因為沒有人想要看見與他們無關的朽壞。

　　人們總愛宣揚著一些大道理，像是「做自己就好」、「愛自己才能被愛」，這些話語如同某種烙印，從此禁錮住思想及靈魂。然而悲哀的是，我們必須承認，有些隱喻就是真相，而非完全憑空杜撰。

　　可人類是很奇怪的生物，大費周章地同他人建立一段又一段的關係，無論親密與否，袒露脆弱向來是最容易獲得他人信任與共鳴的一種方式。

所以我們總想以所謂的真誠來交換孤單、交換衰老,也想交換自己所有的好與不好,只是為了逃避,只是為了享受那被包容和接納的自由。

　　——被無條件地愛著。
　　這聽起來多誘人啊,如此你就能替我背負現實與理想之間的落差。
　　那要怎麼樣,才能夠這樣被愛著呢?

　　於是,我將所有自己承受不住的惡塗滿鮮白可口的奶油,如童話裡的巫婆那般引誘著他人一口一口地吃下去。聽著誰讚嘆美味的同時,一步步看著他們成為自己的俘虜。
　　可是大多時候這並沒有任何用處,因為更多人只適合分享最膚淺的喜悅,或是去談論一些無關緊要的零碎話題,以為日常就代表親密與熟悉,卻只是毫無託付感的輕鬆自在。

　　快樂確實是最輕易能被表達出來的情緒。誰不喜歡呢?
　　尤其不擅長表達痛苦,那些過於幽微的情感總是如流星一般一閃而逝,又或比神經還要纖細,難以從中計較出最合宜、最精準的形容詞。

2 ── 驟雨

因此，我更加堅定了這樣的念頭──要藏好自己。

向來沒有人會無條件喜歡我的全部。

最不願意承認的晦暗就像皮膚上那被菸頭燙出的疤痕。藏得久了，甚至逐漸以為那就是唯一的安全地帶，能夠吞噬一切汙穢的沼澤，無論漩渦再大都終將歸於平靜。

我也藏過許多東西，如同一個頑童固執地將當下的喜歡與不喜歡通通收集起來，以為會很有條理地陳列於精緻漂亮的玻璃櫃裡，最後卻也只是隨意堆疊在不怎麼引人注意的角落裡。

總是這樣視而不見，總是輕輕帶過，總是說著算了。

算了、算了。可是真的算了嗎？

比如為了繼續被愛，所以藏起過多的妒與愁，彰顯乖順溫柔。

比如為了展現善意，所以藏起根本無法落實的在乎與關心，甜言又蜜語。

比如為了避免分離，所以藏起暗暗滋生的怨與恨，只歸根一句捨不得。

那些應該流動的情緒被凍住，它們永遠不會消失，只是暫時被藏在時間的口袋裡，而這種行為好比一種慢性自殺。

時間一久，就連如何消化情緒都變得生疏，總是機械地將它們扔進角落，任其蒙灰。

我是如此遲鈍地意識到自己對痛覺有多不敏感。無論是別人強加在我身上的，還是我施予自己的。總是任由情緒積累成海，我就像那砧板上的肉，被一刀刀地割著，卻始終等不到一個真正的解脫。

於是當後知後覺的痛意重新被翻案時，只會比海嘯來得更加猛烈。

是這樣的。

有些事情在發生的當下，由於演練過無數次的保護機制啟動，並沒有引起多大的情緒起伏，卻總是會在後來的某個時刻再次想起時，才恍然發現，原來自己其實已經碎過一遍又一遍。

可是向他人訴說時就只是像在講述一段久遠以前的歷史，無法再去考證真實與否。於是再也沒有人會相信了，相信那樣的痛曾讓我萬念俱灰，想與世界一同毀滅。

2 —— 驟雨

極度渴望成為明媚郁烈的春夏,卻終究潮溼如牆上那即將剝落的苔蘚。

就像一個很長很長的嘆息,擱淺在誰那遲來的歉意裡。
還像一個生鏽的逗號,未結束的悲憾都將捲土重來。

03 ——

我收藏許多,想留下與想丟棄的都有,而那就要毀滅的載體是我。

無岸

會好起來嗎?麻木到了極點之後,
一切都顯得無所謂了。

　　朝來又暮去,從昏暗無光至天光大亮,日日重複著千篇一律的節奏。

　　我如同被包裹在繭內的蠶,束手無策地盯著空無一物的天花板,早已放棄掙扎。世界的喧囂和熱鬧都被隔絕在外,只剩下無盡的寂靜與孤獨。

　　在這之前,我經常反覆地咀嚼痛苦,任由自己慢慢沉入海底。窒息與失溫帶來的絕望與茫然,竟成了一種不再陌生的快感。

　　無力改變的真實令我變得更加灰心,而我不停去觸碰流血的傷口,只為維持疼痛的警覺——彷彿只有這樣,才能證明自己還活著。

　　奇怪的是,我並不怕溺亡,卻怕離岸太遠。這樣的矛盾讓

2 —— 驟雨

    我悲哀地發現，自己仍無可救藥地懷抱著某種近乎無望的希望。
    我不清楚是對世界、對生活、對人性，還是對自己。或許，我只是害怕徹底失去與這個世界的連結，即使這連結早已脆弱得不堪一擊。

    人們的一生總要背負無數的責任與累。我曾以為，對他人和世界的回饋就是盡量保持善良，但是我發現，這對於我自己來說，卻是種過於暴力的溫柔。
    一切都太疲累了，彷彿怎麼活都不對，於是我不再思考，任由自己沉入無邊的虛無。

    我痛苦，但又不知道為什麼痛苦。
    放棄痛苦著痛苦以後，似乎也沒有什麼可以失去的了。
    本來就沒有什麼可以失去的了。
    所以我放任自己成為一條擱淺的鯨，等待過路人捕獵或殺死，賜予我一刀兩斷的了結。

    又一次在傍晚時分悠悠轉醒，冬天的日落像仙度瑞拉落魄時穿的灰撲撲的裙子，賣火柴的小女孩早就在無人注意的角落裡凍死了。屋子裡只有那盞仍在賣力地發著光的檯燈，黃

澄澄的光如同替陰暗的天色點起了溫暖的篝火，卻照不亮我心裡的灰喪。

在失去對於自己及生活的興趣之後，我對於時間的跨度反而變得更加敏感。一切都顯得如此漫長而單調，我總是不知道該將自己塞在哪個角落裡，才能尋得一絲心安。

我並不是沒有意識到自己的不對勁，可我卻無力自渡。
我仍然不知道該如何去解決自己的窘境。就好像，我被縮得很小很小，然後被放進一個玻璃罐裡，只能隔著一層霧去看這荒煙蔓草的世界。人們歡聲笑語，社會在失去任何人的同時，依舊井然有序地運作著。

我逃不出，不得不這樣看著，無力得連憤世嫉俗都做不到。事實上，我並不特別難過或憤怒，只是感覺無趣和空洞。彷彿自己突然就被困在了原地，日子就此停滯不前。

外頭開始下起了雨，滴答聲打上屋簷，像一種無聲的提醒：或許現在已經是吃晚飯的時間了，而我卻還埋在這片灰白色的孤寂之中。

2 —— 驟雨

　　朦朧間,我竟然不合時宜地想起網路上許多人分享的北歐冬天——公路的盡頭就是天堂,在極光下跳一支獨舞,我甚至有點好奇冰川嚐起來是怎麼樣的味道。那樣華麗地死去,或許不失為一樁美事。

　　大家都說我應該要振作起來,我應該積極向上,我應該為自己煮一頓美味的餐食,我應該打理好自己的日子與人生規劃,我應該去做一些能夠找回對於生活的熱情的事情,我應該多和家人朋友閒話家常,我應該將自己打扮得優雅漂亮去見想見的人,我應該多練習微笑而不是哭泣,我應該學會早睡早起而不是睜眼到天亮,我應該走出這扇緊閉的房門,我應該去探索這個世界的新奇與未知,我應該相信其實本來就沒有困住我的牢籠。

　　然而,我只是躺在床上,早已哭不出來了。眼淚根本不會變成珍珠,心臟上似是有個漏風的大洞,而身上不知道又是從哪裡傳來的疼痛讓我的身體像是被灌了鉛似的,始終動彈不得。我甚至失去了與任何人對話的欲望,對手機裡來自四面八方的訊息都視若無睹。

說不上抱持什麼樣的情緒，或許根本沒有了情緒，只感覺累。
　　就像獨自站在十字路口中間，任由所有人經過我，過路匆匆，而我無動於衷。我只是在川流不息和汽車的鳴笛聲之間，感受著生命的苦苦延續正在逐漸失卻意義。

　　——不是很想死，但也不是很想活著。
　　也沒有為什麼，只是太累了，但不知道為什麼累。
　　累得連絕望都感覺費力。

　　所以該怎麼辦呢？
　　什麼時候才會迎來所謂的好日子？怎麼樣才算好日子。
　　我已經在無岸的海中央載浮載沉太久了，每每睜眼都只有漫無邊際的深藍海水和鹹澀的海風。這是件多麼令人沮喪的事情。

　　會好起來嗎？麻木到了極點之後，一切都顯得無所謂了。
　　這還重要嗎？反正我也終將化作大海裡微不足道的那點泡沫。

2 ―― 驟雨

我心裡的那場海嘯

世界安靜下來,而我,
終於清楚地聽見了自己的聲音。

　　這個世界太過嘈雜了。不止一次這麼想。
可也正是因此才顯得熱鬧,否則就太安靜了。

　　於是我向來不拒絕這些喧囂,任由它們如潮水般湧來,漸漸淹沒我心底最真實的聲音。就像獨自走在無人的沙灘上,將耳機的音量調到能覆蓋心跳的頻率,播放的白噪音將海浪聲、風聲與雨聲編織成一首澎湃的樂曲。震動心弦的同時,也讓我產生某種錯覺:彷彿自己正站在那連綿的雨裡,被淋得溼透,使得所有的回聲都無法落地。

　　有時候,我更喜歡外界的聲音。我喜歡自己在作為第三視角時所能享受的高高在上、事不關己與充分的理性,就好像自己擁有了某種世俗上的健康。

這似乎比去清算自己靈魂的混亂要容易得多,也安全得多。

所以我在愛你的時候,總想要成為你。
所以我在看不清自己的時候,最想要成為你。
——因為想要透過你的眼睛、從你的答案裡,來看清我自己。

「你為什麼會這樣做?」
「你究竟在想什麼呢?」
「你對我抱持著什麼樣的想法?」
「你真的在意我嗎?」
「你為什麼要這樣對待我?」
「你為什麼總是如此?」

為此,我翻閱無數關於心理學的文章和書籍,如同實驗室裡的研究員,將各式各樣的理論與公式套用在你身上,試圖為你的每個行為與想法找到對應的效應與現象,好讓我將你了解得透徹。

你的精神世界宛如一顆我無法輕易抵達的遙遠星球,我想在那裡裝上雷達,探測未知領域的同時,也掌控所有難以預測的天氣變化。

2 ―― 驟雨

　　彷彿只要理解了你的思想、動機與意圖,我就能解開自己身上的謎底。

　　但是後來,我發現事實並非如此。我反而變成了風暴的陣眼,將自己困於其中。我耗盡所有的能源以後,卻被吸入巨大的黑洞裡,粉碎成灰,無以生還。
　　每個人內心的探索都是一場微觀但壯麗的旅程,永遠沒有終點。

　　「我到底想要什麼呢?」
　　「這些事情真的重要嗎?」
　　「我又為什麼在意呢?」
　　「對我來說,哪些事情才是真正重要的呢?」
　　「我真正的感受是什麼?」
　　「這是我真正想要的嗎?」
　　「我為什麼會這樣想呢?」
　　「我為什麼會對他人有所期待?」
　　「我自己能做些什麼?」
　　「我究竟在恐懼失去,還是恐懼面對?」

有太多問題，我從未認真問過自己。

可是若連自己的咳嗽都聽不見，哪裡會意識到自己早已病入膏肓？

曾經的我，不知道自己究竟在害怕什麼，明明那是我心裡的海嘯，並不會傷及無辜。

然而，我已經分辨不出聽見的究竟是誰的聲音，我感到無助和困惑，只能無意識地撕扯著指甲邊緣的死皮，像是在試圖延長傷痛的餘韻。

所以，是不是其實我從來都不需要透過理解你，來理解我自己？我是如此後知後覺。

洶湧的浪將我捲進深海，鹹澀的海水灌入鼻喉，帶來覆滅般的瀕死感。

在窒息般的眩暈中，我似乎看見了海市蜃樓。

世界安靜下來，而我，終於清楚地聽見了自己的聲音。

閱讀情境音
──餘潮──

輯 3

餘潮

愛癡人的愛吃人

或許我懷念的不是曾經的你，
而是當時的我自己。

01 ——

我很珍貴。我是自己的禮物。
——我一遍遍對自己說，我一遍遍寫給自己，決定讓這句話成為我的墓誌銘。

02 ——

「……你反應過度了。」
你語氣冷淡，甚至帶著些倦怠，在我眼裡卻更像是逃避的信號。
這讓我頓時啞了口，此刻的你，面對著我剛剛脫口而出的一連串問句冷靜過了頭，倒顯得我像是個瘋子，歇斯底里又難

3 ── 餘潮

以自控。

我厭惡極了你總是逃避溝通。

你有想過,為什麼我會如此嗎?
怨恨在心裡無聲地生根,而我卻渾然不覺。
彼時的我顧不上細想,內心的驚慌與焦慮頃刻間滿溢,洶湧得幾乎要將我淹沒。無數的混亂情緒纏繞在一起,如同打結的耳機線,越想解開越是糾纏不清。我甚至感到窒息,彷彿自己才是那個最初根本不想要接起電話的人。

大概是我搞錯了,是不是只要重新撥通電話,我們就還是一如既往?

我十分緩慢地眨了眨眼,看見你的面容倦怠依舊,毫無波瀾。

又來了。說你可憐吧,但卻真噁心,也真可恨。
應當是我要感到委屈才對,你是自私慣了,多麼貪心,什麼都想要擁有,卻又什麼都不願意付出。當時的我,有過霎時的動搖。

但這樣的念頭只是一閃而過,還來不及抓住,便被另一種更表面、更淺薄的心思取代了──我不能失去你。

畢竟，誰會想要承認自己的錯誤與惡呢？

誰都傾向於裝作好人，以證明自己仍有良知。

更何況，我們都喜歡「擁有」的感覺，那是獲得自信與安全感的最低籌碼。

只要擁有，就能占有。掌控著只獨屬於自己的私密財產，這種感覺實在太過誘人。

於是，在那個瞬間，我選擇性地忽略了其他情緒，包括我的不甘、釋懷、茫然、悲哀，甚至是怨恨。這些像是死結一樣的情感，在你將它們扯斷後，我竟無從尋找到該被重新梳理的線頭。

我只能先放著不管，只能先想著──如何留住你。

因為「擁有」的感覺太過美好，所以根本接受不了失去之後的落差。

既然擁有了，為什麼就不能讓我一直擁有著呢？

為什麼，你如此執著要成為我的過客呢？

人在預感到即將失去時，總是會因為恐懼而不擇手段地去

3 ── 餘潮

做些什麼,只為了留住那從指縫中不斷流落的沙。

苦苦掙扎時看起來最為狼狽,卻自以為是壯烈的奉獻——可究竟又感動了誰呢?

我言不由衷地說著體諒的言語,極力向你展示我如今的懂事與知趣。

再也沒有人比我更加理解你了。我這樣想著。

然後我猜想,你會為聽見了你想要聽見的回答而感到欣慰不已,隱瞞住你所做的、更加齷齪的真相,儘管誰都知道,這只是你想要擺脫我的一個最簡單的理由。

說來可笑,這時的我們簡直刻薄得如出一轍。你敷衍、我迎合,我們都在為各自的所求賣力演出著,連虛偽都表現得如此默契。

但無所謂了吧,因為結果都是一樣的。

總有一天,你會連敷衍都不願意,我們注定兩敗俱傷。

我們為了不失去什麼,失去了其他,最終失去了自己。

然後一次次重複這樣的循環,傾盡所有,直至一無所有。

而人們向來不願意承認,自身遭受的大多數悲劇,從來都

是自己錯誤的選擇與執著所造成的。

我也沒能成為例外。
在你眼裡的我，看起來就像是被暴雨淋溼的可憐蟲吧？需要依附著你才能持續向上生長，才能活下去。所以你才能那樣高高在上地說出，是你「拋棄」了我，而不是使用其他聽起來更加平等的詞語。你的道歉是如此毫無誠意、廉價至極。
我厭煩你說得輕易，更恨你做得俐落乾脆。

可是你知道嗎？
只要故事結局並非善終，之於我來說都等同於得不到。
而這只會讓我更加不甘心。不甘心到，想要徹底毀掉你。

那怎樣才算好結局？這也不重要。重要的是，我知道這並不是我要的。
你不能這樣對我，或者說，不能是你。

於是我要留住你，留在你身邊——我只知道，這成為了我難以抹滅的執念與目標。
我該怎麼留住你呢。我想了很久很久，哪怕我也尚未釐清

3 ── 餘潮

為什麼要留住你。

　是因為懷念什麼嗎？是捨不得你，還是捨不得我們留在彼此身上的那些私密印記呢？
　始終沒有搞清楚究竟是想要留住什麼，但總想著，只要留住你，附帶的其他我就會全都擁有。也許我只是想要留住「擁有」的感覺，而不是真的對你這個人有所眷戀。

　我想要留住，留住最初那些我為你感到猶豫和恍神的微妙片刻。
　當時的我愛你不算多，唯一有的是最純粹、最難以自控的悸動，偶爾憐憫、偶爾困惑、偶爾懷疑，也偶爾滿足。
　我想，那就是我們之間，最動人的剎那。

　所以我要留下來，我要你去試探命運的深淺，我要看著你再重複一遍又一遍。我要你感到虧欠，我要你有所遲疑，我要看著你為我動搖而疼痛的樣子，我要你承認。
　只要有那麼一瞬間就好。只要。

03 ———

　　醒來的時候,窗外的雨已經停了,只剩下稀疏的聲響,是雨落在屋簷上的滴答聲。九月的空氣依然燥熱,可是在你所處的城市,應該已經夾帶了即將入秋的涼。
　　我盯著天花板,清醒之前的那個夢依然記憶猶新,但卻怎麼樣也填充不了細節,於是越想越淡,彷彿一幅逐漸褪色的畫,如你一般。

　　真奇怪,你變得越來越模糊,你所帶給我的回憶和感受卻變得更加具體。
　　於是,我不再擁有的你因此更顯價值。

　　不復當初的景況使我焦躁不已,擁有後再失去的殘局過於迷人。
　　我迫切地想要將所有的扭曲和失序擺正,所以我翻閱了我們所有的聊天紀錄與相冊,日日沉醉在那片早已被眾人遺忘的汪洋之中。
　　這種無望的行為就像是在拆著一罐罐過期已久的罐頭,然

3 ── 餘潮

後加點你偶爾給予我的假意關心,接著大口吃下,似乎就能從中嚐出無與倫比的美味來。

我大概知道了當時那通電話裡,你本來想說的其實是什麼。我或許真的是個瘋子。而你是我的病史上唯一的輝煌。

可笑的是,我的自尊與底線不允許自己用最難聽、最骯髒的字眼辱罵你,也不允許我用任何下流手段去擊潰你那無恥的尊嚴與信心,但是卻允許我自己毫無自尊與底線地一再為你退讓,用盡各種方式去討好你。

只為了得到你。擁有你。
只為了讓你的目光在我認為自己還愛你的時候始終停留在我身上。

我們都在為彼此編織著一場美好的空想,自私地延緩著失去以後所帶來的陣痛──儘管有些困惑,如果我們都害怕失去,那為什麼我們還要這樣做呢?
如果你不是害怕失去我,那你害怕失去的又是什麼呢?或者僅僅是害怕「失去」。

所以是不是，失去是互相的呢？我才恍然意識到這一點。

你對我溫柔得詭異，照三餐關心我，似乎是想掩蓋曾經對我發怒的你的醜態；而我依然為你屈身，偶爾索要陪伴與承諾，做你最聽話的信徒，也做你需要的浮木。

雙方以此達到一種極為彆扭的平衡，掩蓋各自虛偽的私欲。

明明一切都無法恢復原樣。
早已沒有回頭路了，不是嗎？你當時也是這樣同我說的。

所以，為什麼我們還要假裝好像一切都沒有發生過那樣，繼續相處下去呢？
以為無視關係之間的裂痕，我們就會成為更新、更好的人了嗎？
我們根本不會因此而好起來。

我百思不得其解，卻在對於出口的方向毫無頭緒之時，依然配合著走進了迷宮，然後一再相信你，憤恨又是你一次次包裝漂亮的謊言與藉口。

我們隔著雨幕遙遙相望，氤氳模糊了我們之間的鴻溝，還

3──── 餘潮

違心地盼望著天晴後將會出現彩虹。

　為了留住你，我變得不像我自己。
　為了擁有你，我一再丟失自己。
　這份我以為足夠淒美而偉大的「愛」，原來是會吃人的啊。連骨頭也不剩。

　為了你提供的麵包屑似的甜蜜，我忍受著那些比分離還要淩厲的自我折磨。
　又有誰知道，夜深人靜裡喘不上氣地哭完之後，隔天我依然笑著，總想要像過去那樣肆無忌憚地靠近你，只要我能、只有我能。
　──我越貪戀回憶裡的你，現實裡的你就愈加面目可憎。

　你說，誰才是那個魔鬼呢？

04────

　後來我想了想，其實當時有一句話你說得沒有錯。
　你說，你不值得我這麼好的人。我知道我們誰都稱不上是

個好人，但至少我清楚，你確實不值得，不值得我為你失去我自己。

或許我懷念的不是曾經的你，而是當時的我自己。
那時候的我，一點都不害怕失去，更沒有你。

那年夏所引起的一切躁動，終於在秋天初始之際歸於平靜。
終於我不要你，終於我是我自己。

3 ── 餘潮

散場之後

我仍然掛念著劇情裡未解的伏筆及片頭曲，
可你已經頭也不回地趕著去參加下一場聚散別離。

01

　　你說，煙火在綻放極致絢爛的時候，有想過自己很快就會徹底消逝了嗎？
　　我們能用眼睛所記錄下來的畫面實在微茫，倉卒得或許只會占據自己生命裡很小很小的一部分，卻已然是煙火熱烈且無法回頭的一生。

　　可能會有短暫的動容和眷戀，但是大家都忙著趕路，忙著奔赴下一趟征程。
　　──而我們是如此不幸像煙火，正開在最華豔，也最殘忍的時節。

02

　　當我意識到，原來自己一直是透過現在的你在看過去的你的時候，我就知道，我早應該離開你了。
　　但還是想知道——為什麼我們不能回到過去呢？
　　這個問題使我困惑了許久。無論是現在的你，還是未來的你，都猶如一座沉默的死火山，給不了我滿意的答覆，只會將我塗滿灰燼。

　　怎麼會這樣呢？為什麼只有我念念不忘。
　　我們經歷了那麼多的美好啊，那些日子明明像琉璃一般，閃耀著無數溫柔的光斑，是彼此生命中最珍貴的彩寶。記憶裡的你看起來溫暖如昔，而我們的擁抱向來如此貼合彼此的靈魂，那在當時的我們看來，是比信仰還崇高的愛意。

　　在你離開以後，所有關於你的回憶都在發著光。如同在深夜驚醒時，無意間瞥見窗外不遠處的森林裡一閃而過的鹿群，於是每天都在等，等那隱晦的錯覺重現眼前。
　　為了虛幻而模糊的臆想堅恆如石像，總算明白懷念向來比

3 —— 餘潮

經過還要長久。

曾經的高朋滿座，如今淪為二輪電影的我們卻只收穫稀稀落落的掌聲。

而連你也已經不接受我的邀請，於是我成為我們唯一的觀眾。

原來是這樣，在我頻頻回首過去的想念與深刻的時候，才發現這世界早已不流行念舊了。有點悵然，也有點可惜，但也不意外。

我們都必須承認，人類本不是長情的生物，哪怕總愛把誓言看作所謂的永恆。

這些年以來，我一直在失去，甚至沒有任何挽留的餘地，只能緊緊守護僅存的碩果，假裝體面收藏，卻總是狼狽收場。

不然怎麼辦，我還能擁有什麼呢？

我多麼害怕啊，害怕若是我全都忘記了，那我就真的，什麼都沒有了。

所以，我什麼都想要留下。

然而，我到底留下了什麼呢？

我既留不住歲月注定要帶走的人，更留不住那些主動選擇離開的人。

回憶為什麼顯得如此珍貴呢？

無非是因為我們都清楚地知道，時間的不可重複性，是最致命卻也最迷人的真理。

於是我拚命記得，試圖不讓過去的事情真的就此過去，像是在嚼著早已失去味道的口香糖一樣，一遍又一遍地回味，試圖從中找回那絲熟悉的甜味。

可是同一部電影反覆地看，結局也不會有任何改變。身為局中人的不甘心，這份執念如同不斷用舌頭去舔口腔內的傷口一樣，疼痛產生的同時，還伴隨著一種近乎自虐般的快感。

只是不願意承認，我用盡全力想要留下的那些其實都已死去。被留下來的只有我，困囿於過去的也只有我，於是我成為了往事的唯一遺物。

我仍然掛念著劇情裡埋下的、未解的伏筆及片頭曲，可你已經頭也不回地趕著去參加下一場聚散別離。

3 —— 餘潮

你早就從我們的故事裡殺青了，我的角色也已經沒有戲份了。

因為劇情精采不夠，不夠打動我們演出續集。

而我們對於所謂「精采」的定義也毫不相同，就如當初我們在愛裡的尺度和標準也並不相同，期待一個已經對「我們」沒有任何期待的人只是自我折磨。

所以還是承認吧，我們都快要想不起來了。

想不起那年春天一起賞的花的樣子，想不起酷熱的天裡共享的那碗冰是什麼味道，想不起約定過要一起去的地方，想不起每天重複早安和晚安的無悔與濃情蜜意，想不起牽掛與被牽掛的感覺，想不起夜裡是誰小聲地咳嗽，想不起曾經都是怎麼樣熟練地將對方逗笑，想不起每次見面前的無端歡喜與殷切期盼——

更想不起，每一次擁抱彼此的時候，究竟是填補，還是放大了各自的寂寞。

時間推著我們一步步遠離，宛若即將落幕前的空鏡頭，也彷彿我終於頓悟的、遲來的嘆息。

而真正使我感到悲哀的，不是你的走遠，更不是一切的逝去，而是我才明白，記憶裡我曾經認為意義非凡、無法輕易捨棄的所有深刻，原來都淺薄至極。

03 ───

　　我終於從觀眾席裡起身，早已記不清是第幾次的散場了，卻始終沒能為我們這部電影挑選出最合適的片尾曲。
　　但這不重要了，所以沒有關係，我很快就會像你一樣徹底忘記。

3 —— 餘潮

蝴蝶住在月亮上

最好不過,
同愛朝生暮死,周而不復始。

　　我們對未知或是不夠了解的人事物都難免會抱有不切實際的臆想。

　　就像乍到這座陌生的城市時,我懷揣著忐忑,卻也因為新鮮感而願意帶著那份不安去深掘更多從未窺見過的風景。我喜歡這裡隨處可見的浪漫驚喜,喜歡在與陌生人對視時交換善意的微笑,而不是裝作視若無睹;可我也厭惡必須隨時保持警戒的提心吊膽,厭惡當地人過於拖延的行事效率。

　　儘管最後仍無法全然愛上這座城市,會有失望,但總歸不至於感到遺憾或心酸。

　　是因為太清楚知道,天地之大,渺小的我並不只囿於這方寸之地。我隨時可以出走,像候鳥遷徙,像雲朵飄散。

　　然而,後來的我發現,相較於這偌大的世界,我對於他人

的好奇心並沒有那麼大。甚至，我對於自己都沒有太多的探知欲。這說起來竟有些悲哀。

然而最為可悲的是，對於與我一樣無足輕重的他人，我反而做不到豁達。

迷戀著什麼，就好像與世界有了緊密連結。我以為這是寄託，或是可以稱作愛之類的東西，卻原來只是著相至深。

在我還是一片未成形的混沌時，宿命卻先將你帶至我面前。你和深秋蕭索的涼風一起來到，給了我緣分的錯覺，彷彿你就是復活了我的救主。

於是，當我開始傾注目光與情意於你時，我認定了這或許是愛。

愛應當與了解、關懷掛鉤，和一些其他什麼。

我想仔細看清你身上的紋理和皺摺，想完整地感受你的質地與溫度，想從你眼裡看見我自己。所以我暗自執著，所以我給你自以為是的熱情。我對於愛本身模糊的恢弘意象，彷彿終於可以在某個人身上具體化。

3 —— 餘潮

　　我相當愛你，這怎麼不算是愛呢？我最了解不過你了。
　　我了解你偏好的書與影片類型，了解你掌心裡每個粗糙的繭的形狀，了解你語氣裡每個抑揚頓挫所隱藏的情緒，了解你情動時會使用的表情符號，了解你房間裡所有物品的擺放位置，了解你最基礎的日常與習慣，了解你掩藏在眼角細紋下對生活的疲乏，了解你故作豐滿的虛空與無聊，了解你說謊時睫毛顫動的頻率，了解你愚蠢的衝動與偽善的嘴臉，了解你是多麼濫俗的韻腳和修辭。
　　我還了解，你未曾真正了解過自己，與我沒有任何兩樣。
　　可是也就僅此而已，我不能再愛你更多了。
　　因為我知道，若是我執意再靠近你、再將你看得更加透徹，我就不會愛你了。
　　——沒有人愛一個人是因為看見了他們的空洞與傷痛。
　　你也是這樣的，不是嗎？你總想逃跑。愛向來是種絕對自私的刻薄行為。
　　原本就不夠純粹的愛意，近看又怎麼可能華美壯觀？只會使我們都心碎，還使我們怨。就像蝴蝶其實很醜陋，月亮其實坑坑窪窪。人更是如此，還不夠真誠。

所以蝴蝶就該住在月亮上，而我們也該愛得適可而止。

最好不過，同愛朝生暮死，周而不復始。

3 ── 餘潮

灰度

那些破碎的紋路，或許正是
我們在彼此身上留下的那部分自己。

在半夢半醒之間，聽見房門外已經盡力壓低的談話聲時，我才終於從水面下仰起頭，得到機會換氣的片刻，也成功從那溼黏的夢中徹底掙脫出來。

正準備伸手去摸被放在枕邊的手機，陽光已經先透過半掩的窗簾毫不留情地刺痛我的眼。於是決定重新閉上眼，儘管夢境的細節早已模糊，殘留在心口的情緒卻仍沉重得使我喘不過氣。

似乎做了不只一個夢。然而重新沉入睡眠，舊的夢又被新的夢覆蓋，就像海浪一層層沖刷沙灘，留下的痕跡總是不完整。

還未從舊夢的壓抑情緒中脫離，又陷入新夢的荒誕劇情裡。這與人生的運行機制似乎有些相像——我們總以為老廢細

胞需要在完全代謝後,才能重獲新生。但更多時候,我們只是同時懷揣著新與舊的傷痕,在時間的長河裡漂泊。

　　我按在眼窩和太陽穴之間,用指腹輕輕揉著,試圖緩解隱隱的疼痛。

　　打開手機的網路,各式各樣的通知便爭先恐後地跳了出來。我在裡頭選擇性地回覆了一些較為重要的訊息之後,才點開朋友在凌晨三點傳來的照片。

　　那是昨天飄著細雨時,她抱著相機,在擁擠的街道上為我拍下的照片。

　　同一張照片,她調出了不同的風格:一張是斑駁的灰藍色調,宛如被雨水浸溼的老電影;另一張則是普通的黑白,彷彿將瞬間凝結成永恆。

　　我仍記得去年的這個時候,她也為我拍下許多照片。那時的黃昏是暖棕色的,天邊還掛著一牙橙黃色的彎月,像被咬了一口的糖果。

　　——回憶應當是有顏色的。或許可以這樣認為。

3 —— 餘潮

　　恍惚間，我想起了那些曾因為害怕，而被自己棄如敝屣的記憶碎片。
　　它們原本是綺麗且多彩的，宛如夏日的煙火，漂亮得讓人難以忘懷。可是後來，它們卻變成鋒利的玻璃，狠狠劃傷我的皮膚。
　　我只記得事後的一片猩紅，與無處發洩的滿腔怨恨和怒火。

　　明明當時也曾小心翼翼地珍惜著那些稱得上是幸福的片刻，如今卻像價值連城的瓷器一樣碎落一地，割傷了彼此的手。我們日日經過，卻無人清理。
　　我思考了很久。不知道破碎之後的東西，是否還與破碎前擁有同等價值？

　　我也曾日夜盯著那些破碎，好比看著某個字太久，反而不認識了，變得奇怪又陌生——就像當初看著你的時候，我偶爾也會產生這種錯覺。
　　比起過去的你，我更記得後來的你。
　　而那些破碎的紋路，或許正是我們在彼此身上留下的那部分自己。

並不是故意忘記的,但細節卻通通想不起來了。
畢竟,如果可以選擇的話,誰不想只記住美好的那部分呢?

可記得又有什麼用?或許在你眼裡,我也是扭曲的、崩壞的。
我知道那片血色從何而來,是我曾嘗試徒手觸碰那些碎片所留下的痕跡。我一邊哭,一邊摸索,不知道該如何拼回原樣;而你只是冷眼旁觀,黑洞般的眼睛像是有魔咒似的,讓我無處可逃。

然而那天醒來,對於夢的印象是一片白茫,我忽然就冷靜了下來。
總會褪色的。已經在褪色了。我知道。
我們曾經只看著彼此的目光裡,早已填上更多的潮與汐,煙霾終將散去──我正在忘記你,而我似乎已經不再在乎。這或許是件好事。

我們的記憶如同一杯摻了水的牛奶,隨著時間越和越稀、越嚐越淡。
總會一再被其他新的什麼覆蓋過去。
跟夢一樣。跟你一樣。

3 —— 餘潮

孤島的鯨

我們卻經常忘記，
其實每一個人本質上都是孤獨的個體。

　　牛奶順著桌緣滑落，滴滴答答地在地板上炸開成一朵白色的玫瑰花，馬克杯的碎片像莖幹上的刺，毫不留情地扎進我的視線裡。我沉默地蹲下身，動手收拾起這一片狼藉，後腦勺傳來陣陣隱痛，宛若某種無聲的嘲弄。
　　清理完一切後，我重新為自己倒了一杯熱牛奶，蒸氣在杯口繚繞，像在試圖撫慰我內心的躁動。

　　然而，糟心事卻像是約好了一般接踵而至——指甲在翻找鑰匙時劈裂、趕著出門卻找不到重要的文件、口紅不小心黏在剛洗好的白色衣服上⋯⋯
　　每一件小事都像一根根細小的針，刺進我早已疲憊的神經。

　　在重複吸氣和吐氣之間，我安慰自己一切都沒有關係，在

想要掉眼淚的時候生生忍住了，本來輸入好內容並即將傳出去的訊息也被我一一刪除。

　　算了，不然又要被說是我小題大作了。

　　明明從來都不是如此。只有我知道真正原因，但我已經無力再向誰辯駁。

　　我不怪誰。我只是感到有點失落。

　　反正早已習慣了。

　　當我喊痛時，人們只會測量傷口長度而非深度；當我展示瘀青，他們卻讚嘆形狀像幅抽象畫。

　　是從什麼時候開始意識到，「感同身受」這四個字在某種程度上就是一件極其不合理的事情的呢？就像了解並不代表接受或共情。

　　是我的表達不夠直白、不夠動人嗎？可是我的痛苦分明都是真的。

　　我迫切向誰證明的樣子竟顯得自己像個舉著空槍的瘋子，多麼狼狽。

3 ── 餘潮

　　人類習於相互依賴和陪伴，擁有無法割捨的羈絆和牽掛是常情，同時也是我們最深切的渴念。然而，我們卻經常忘記，其實每一個人本質上都是孤獨的個體。

　　於是，在我終於發現就連身邊親近之人都無法理解我真正的痛苦和情緒之後，我忽然就與自己達成和解了。我不再糾結或執著於得失與否，對人性不再抱有期待，知道奇蹟不能成為日常，甚至覺得世上發生的一切都可以原諒。

　　我原諒了日日與自己共存的無數種情緒，任它們如潮汐般在血管裡漲落，溺斃每個清醒的凌晨三點半。

　　我原諒了故作堅強所粉飾的太平，即使它薄如一張紙，一戳即破。

　　我原諒了長在靈魂上的無底深淵，任它吞噬所有光亮，在瞳孔裡豢養永夜。

　　我原諒了偶爾閃現的自我毀滅的念頭，像原諒在暴雨中斷裂的傘骨。

　　我原諒了在無法原諒自己的時候製造出的所有混亂，即使它們如鏡子般，映出我支離破碎的醜陋模樣。

　　我原諒了一切，只是不再言語。

時間是一場反覆的高燒

燒得我們意識迷離，
燒得每一段回憶都褪去顏色。

　　十多張被摺成不同形狀的信紙被我從抽屜的最深處翻出來，像是從記憶的遺址中出土的文物，揭露了年少時候偽裝真心的遊戲。
　　那些刻意挑選的繽紛信紙，一來一回地交換著自以為藏得極好的粉紅色情懷。可是如今，邊角泛黃的陳舊痕跡彷彿失效的咒語，再也對不上回憶裡任何一張青澀的臉孔。那些曾經熟悉的名字，都像是被雨水暈開的墨水，模糊得難以辨認。

　　那時候，部落格是我們築起的秘密基地。
　　在許多種花邊模板與自動播放的鋼琴曲間，構築起帶鎖的記憶儲藏室。在其中寫下心事後上鎖，彷彿這樣就能將秘密永遠封存，就此不為人知。

3 —— 餘潮

然而，窺探欲也悄然滋長。

我們學會在踏足他人領地前先登出帳號，穿上匿名的斗篷，這種小心翼翼的無聲試探，成了青春期的某種盛大儀式，既渴望被看見，又害怕被發現。

我們對於與誰建立連結總有隱密的渴望——

當智慧型手機尚未統治口袋的時代，我們將自己時刻拴在電腦前，盯著即時通上閃爍的頭像。視窗的叮咚聲是最高規格的邀請，某人的狀態列從「離線」切換成「上線」的瞬間，足以讓握著滑鼠的手心沁出鹽分。

好像也曾為了誰的生日絞盡腦汁設計驚喜，耗費所有心力與精神，只為了感人肺腑，使對方銘記自己。在最純真的年歲，從不吝付出最珍貴的赤誠，每一次都鄭重得像在交付全部靈魂。

在翻出一堆信的同時，我還找到了一本薄薄的筆記本，封皮斑駁得已經滲出黴斑。裡面寫滿了零零碎碎的心情，像一盤未經調味的大雜燴，記錄著某年某月某日的悵然與失落，古老得幾乎失去了考究的價值。

裡面寫了一句話：「我不會忘記你，你會永遠留在我心裡。」

我至今都沒想起這個「你」是誰。

這些故事，似乎已經遙遠得像上個世紀的傳說。
青春的甜頭，總是在我們站在青春之外時才能嚐到，就像過期的水果硬糖，只在某次大掃除時短暫黏住牙齒，隨即就溶化成酸澀的糖精。
而如今，就連各種密碼都需要用備忘錄記下來的我，正忙著為生活焦頭爛額，哪裡還有餘力能記住過去這些無關痛癢的小事呢？

曾經的我，懼怕時間的浩瀚與未知，誇下多少海口只為了證明自己擁有與時間抗衡的能力。
可是我們不得不承認，當我們看向憧憬的詩與遠方，實則都是過去的映射。就像我們在夜空中看見那些發光的星星們，其實是宇宙的歷史，卻是我們以為的當下。
時間在某種程度上穩定了失衡的一切，稀釋了所有的好與壞，讓我在從前覺得遙不可及的「多年以後」，終於學會接受與自己認知有所差異的更多面向。

看吧，當時對於自己多麼重要的人事物，在歲月的洗禮之

3 ── 餘潮

下,都像被打上馬賽克似的失去了清晰的面容,只剩下模糊的影,辨認不出虛實。就好比寶藏都被搬光了,沒有人會再去試圖打撈被重新拋入海裡的空箱子。

多年以後的我們恐怕都無法理解,當時究竟為什麼會為了某個誰一再妥協,哭得撕心裂肺、夜夜買醉,還學著偶像劇那樣等在對方住處的樓下,一整晚不睡。

那些連自己都無法說服的固執,如今回望,竟陌生得令人發笑。

時至今日,我才恍然大悟,許多短暫的悸動在人生這卷書裡,都不過是幾滴不小心暈在紙上的墨。連當時覺得驚心動魄的背叛與挫折,現在看來也不過是書頁間乾枯的壓花,輕輕一碰就碎成齏粉。

翻過一頁又一頁,很快就會忘記,不值一提。

是吧,誰也沒有多難忘。

最後都要看輕的,無所謂釋懷不釋懷,因為已然不再重要。

既然如此,此去經年,後來的我應該能夠原諒現在莽撞且荒唐的自己吧。

反正都會過去的。無一例外。

　　時間是一場反覆的高燒，燒得我們意識迷離，燒得每一段回憶都褪去顏色，直至一切都灰飛煙滅，再也無法輕易辨認它們曾經的模樣。

　　所以沒有關係的。此刻無力解開的結，也終將隨著光陰風化成沙。像我們。

閱讀情境音
——晴隙——

輯
4

晴隙

致我最親愛的布朗尼

我們看著你長大,你也看著我們長大。
我們成長的所有片刻,都有彼此的參與。

01 ──

　　這次提筆寫下你,其實已經是你離開我們以後的半年。
　　可是時間並沒有帶來預想中的釋懷。無論過去多久,失去你的悲痛並不會因此時間的沉澱而減少半分,它只是沉靜下來,潛伏在某個不經意的角落,然後在某個午後陽光灑落的瞬間、在某個夜晚夢境浮現的時候,輕而易舉地被喚醒,再一次將我拉回回憶與懷念的牢籠裡,無法自拔。

　　請你一定要記得,自己是被深愛著的,而我是其中之一。
　　我是如此地愛你,所以即使時光流轉,即使眼淚已經乾涸,我依然要把你寫下來,有始有終。

4 ── 晴隙

我要把你深切地記住，我要你在某種形式上獲得永生與自由，將你溫柔地安放在記憶的長河中。

我也一定不會忘記你。

可是我忽然不知道，應該從何談起你。

你那短暫但滾燙的一生呀，在我們的人生裡占據的篇幅無比龐大，幾乎成為我們生活裡的光與影，也早已在無聲無息之中，徹底滲透進我們日常的點點滴滴裡，與我們的悲歡相繫，也與我們的記憶交織。

有太多太多了，太多平凡但想要銘記的時刻。

既然如此，那就從頭複習一遍吧。
讓我再一次走進關於你的記憶裡，拾起那些被時光拂過的溫暖片段。
──以此紀念你陪伴我們的十五年多時光。

02 ──

我記得你剛來到我們家時的模樣。

當時的你才兩個月大,軟呼呼的身體裹著一層細緻的毛,走起路來偶爾還會搖搖晃晃,像隨時都可能跌倒一樣。

對於當時也尚且年幼的我來說,你依然小得過於迷你,似乎一個不小心,就會將你踩在腳下。你宛如應該被擺在櫥窗裡的精緻娃娃,讓人小心翼翼、不敢大力觸碰,深怕稍有不慎,就會讓這份剛到來的幸福碎裂。

然後日子一天一天地過去,我們看著你長大,你也看著我們長大。

我們成長的所有片刻,都有彼此的參與。

最開始,我們只是試探性地伸出各自的枝葉,像是在摸索與對方相處的方式。接著,隨著日復一日的陪伴,我們的枝葉交織,彼此的羈絆變得愈發深厚,最終緊緊纏繞在一起,成為無法輕易分開的共生藤蔓。從此,我們心甘情願相互依託,只當分離是許久以後才需要考慮的事情。

對於當時的我們來說,離別確實是過於遠久以後的事情。

因為純粹相信我們都足夠幸運,也相信這份幸運足以延長那隨時可能熄滅的幸福。

4 —— 睛隙

　　是啊，當我們沉浸在無盡的喜悅之中時，又為什麼要去思考那些令人難以忍受與想像的哀痛呢？

　　可是，真的不會擔心嗎？
　　若往後面臨分離，那些過於幸福的瞬息，會不會反而成為一把匕首，讓回憶變得銳利而傷人？
　　我們無以知曉未知的將來，可是我們並不後悔。
　　在能夠好好記得的時候記得，也不打算遺忘。

　　我們記得關於你的所有──

　　第一次聽見你的叫聲，可愛得毫無攻擊性，後來逐漸變得宏亮有力，充滿活力與朝氣。
　　我們記得你換毛的時候，毛長得亂七八糟，可你依然很帥氣，哪怕笨拙地搔癢時總是露出一副滑稽的模樣。

　　我們記得你第一次睡在我們為你準備的小窩裡，蜷縮著身體，睡得安穩極了。後來你慢慢長大，那個曾經能容納你的溫暖小窩變得狹小，而你卻依然留戀，總是試圖擠進去，最後不得不換成更大的窩。可即便有了自己的窩，你還是喜歡隨處亂

鑽、亂趴、亂睡，我們因此還得跟你玩捉迷藏，跑遍整個房子只為了得到你的一聲回應，如此才能安心。

我們記得你最喜歡的項圈，掛著小鈴鐺，每當我們聽見鈴鐺響起，就知道你正在靠近。你總是搖著尾巴讓我們幫你戴上項圈。

而在天氣冷的時候，你還喜歡穿上保暖的小衣服。原以為你會抗拒，沒想到你不僅不排斥，甚至還會主動湊過來，期待地看著我們，等著我們幫你穿戴整齊。然而，每當帽子不小心遮住你的眼睛時，你便會瞬間停住，一動也不動地留在原地，不發出一絲聲音，乖乖地等著我們發現並將你解救。

我們記得你學會上下樓梯的那一天，從起初的小心翼翼到後來的駕輕就熟。於是每當你聽見有人回家，便會一馬當先地飛奔下樓，興奮地搖著尾巴前去迎接，彷彿這是一件每天都值得開心無比的事情。

無論一早起床我們在哪裡，你只要聽見動靜，無論如何都一定會過來先打個招呼，湊過來讓我們摸摸頭，再翹著尾巴離開。這是你撒嬌的其中一種方式。

除此之外，我們還教會了你如何握手，但糟糕的是，卻忘

4──晴隙

記教你如何定點上廁所,這讓我們頭疼極了。

　　我們記得你愛吃東西的模樣。
　　還是沒有搞清楚你到底比較喜歡哪一款零食,因為你好像只要是食物都愛(除了蔬菜),從來沒見過比你還要嘴饞的狗狗。所以,每次去爺爺奶奶家,你總是特別興奮,因為你知道他們最容易心軟,總會偷偷塞給你好吃的東西。
　　每當你想討零食時,你就會乖乖坐下來,用水汪汪的眼睛望著我們,嘴裡發出嗚咽聲,彷彿在可憐兮兮地求饒。我們怎麼可能不知道這是你的手段呢?可還是會敗陣下來,心甘情願地被你哄騙。

　　我們記得你喜歡散步的樣子。
　　只要看見牽繩,你就會興奮地原地打轉,恨不得立刻衝出門去。你對於每天的散步路線了然於心,甚至在你自己偷跑出去的那次,竟然也是沿著那條熟悉的路線走完,然後才被人發現並帶回家。那一次,我們嚇壞了,幸好收留你的好心人家裡也有其他狗狗,好吃的一點也不少,你在那裡過得自在極了,甚至可能還有點樂不思蜀呢。

我們記得你最愛曬太陽的模樣。無論春夏秋冬，你都愛躺在太陽照射得到的位置，曬得暖洋洋的，毛髮也因此而閃閃發亮。當我們抱著你時，就像抱著一團溫暖的棉花，令人心生滿足。

我們記得你不喜歡洗澡，甚至曾經試圖溼淋淋地逃出浴室，可偏偏又很喜歡被梳毛。每當梳毛時，你總是舒服得瞇起眼睛，沉浸在被細細照料的愜意之中。然而，你也是個掉毛怪，家裡的每個角落、我們的衣服上，總會不經意地沾著你的毛髮，就像你從未離開過一樣。

我們記得，你一點也不喜歡被抱太久，被抱著的時間一長，就急著想要掙脫。只有到了年紀大了以後，才因為懶得動，願意乖乖地窩在我們懷裡，享受這份遲來的安逸。

——布朗尼，這些你還記得嗎？
無論如何，你也會記得我們的，對吧。

4──晴隙

03────

　　我仍然清楚地記得，你是怎麼離開我們的。
　　只是，一切都發生得太過突然，甚至沒有給我們足夠多的時間來作任何心理準備。

　　去年一月底，你開始出現一些反常的行為。
　　那時候，我們還不明白這些異樣代表了什麼，以為只是年紀大了，偶爾身體不適。可當我們發現不對勁時，我們還是立刻將你帶去了動物醫院。抽血檢驗的結果出來後，我們才頓悟──哪怕我們一直以來都小心翼翼地照顧著你，自認為已經顧全了你的健康，可還是有所遺漏。
　　多希望你會說話啊，這樣你就能直接告訴我們，哪裡不舒服、哪裡疼痛，也不用自己默默忍受。我們心疼極了，卻也自責不已。

　　隨著你年紀漸長，我們帶你去動物醫院做定期檢查，為你準備各式各樣的保健食品。儘管早就知道有些事情無可避免，但還是自私地想要延長與你相伴的時光──哪怕只是一點點。
　　可當意外如此突然地來臨之時，我們依然手足無措，茫然

得像是被拋進深海，只能在擔憂與焦慮之間掙扎，卻無能為力。

　　醫師說，那時你會無力地垂著頭，總是往角落裡躲，是因為你很難受，所以選擇待在你認為安全的地方。醫師還說，是腎的問題，若是我們沒有及時發現異樣，而你又因為疼痛而不吃不喝，很可能一兩週就會撐不住了。
　　那一刻，我們再一次清晰地認知到，生與死之間，其實根本沒有距離。

　　我記得，曾經也有過類似的惡夢。
　　大約是在你十歲、十一歲的時候，為了根除你的某個病痛，我們聽從醫生的建議，讓你接受了需要全身麻醉的手術。這對當時心臟已經開始退化的你來說，是一個巨大的負擔與風險，卻是不得已的決定。
　　那次手術後，你雖然康復了，哪怕仍需要持續吃藥，但至少還能活蹦亂跳地奔向我們，每天搖著尾巴迎接我們回家。

　　所以這一次，我們天真地以為，那麼勇敢的你，一定也能再次度過難關。
　　我們如此堅信著，因為你是那樣地努力著，為了自己，也

4 —— 晴隙

為了我們。

我們將你留在醫院治療。那幾天,我們照三餐去看你,帶著你最愛的零食,輕聲喊著你的名字,握著你的爪子,告訴你要快點好起來。你似乎也真的逐漸康復,重新擁有了生氣。可是醫生提醒我們,你的腎已經在悄無聲息間退化得很嚴重,哪怕暫時控制住了病況,也不代表不會再復發。

儘管如此,在帶你回家時,我們的喜悅仍多於擔憂,因為我們即將再和你一起過上第十六年的除夕。

但是死神卻絲毫沒有手軟,在除夕當天,你的病情突然急轉直下。

距離上次治療,甚至才相隔不到兩週,彷彿那兩週只是留給我們的最後念想。

可是為什麼,不能再久一點呢?我們親愛的布朗尼,就要十六歲了呀。

我明明,很快就可以回家再見到你了啊。

一萬多公里的距離和七小時的時差,當時的我只能靠著家人轉述你的情況,每天醒來第一件事,就是確認你是否還好,

手機從未離身，深怕錯過任何一通來電。

　　布朗尼的情況急速惡化，於是家人馬上聯絡了曾為你治療的醫師，他很清楚地解釋了你的情況，也說明了自己的為難。加上正逢春節，大多數的動物醫院在這段期間都不營業。
　　「如果春假過後，布朗尼還需要看診的話，請再聯繫我。」醫師誠懇地說。

　　除夕夜的團圓飯，所有人都吃得心不在焉。這樣喜慶的日子裡，我們的心卻沉重得如同大片大片的積雨雲，籠罩著揮散不去的悲傷。

　　我們眼睜睜地看著你被病痛折磨，不過短短幾日，你已經無法站立，從尚能發出嗚咽聲，到最後連翻身都做不到，只能成天躺在窩裡，靠著我們定時補充營養維持身體機能。你眼裡的灰白擴散，瘦得彷彿只剩下骨頭，抱起來輕如羽毛。

　　自從除夕之後，沒有一天睡得安穩，想你時總會翻看手機相冊，裡面有無數張你生氣勃勃的照片和影片，於是哭得更加喘不過氣來。

4 ── 晴隙

然而生命流逝的速度太快了。還是太快了。

我們多麼想留住你,想方設法只為了抓住那燃盡的蠟燭留下的餘煙,卻是徒勞。

初五一早,我打開手機,看見來自家人多通的未接來電,我彷彿已經有所預料。

儘管如此,在聽著家人描述你失去生命跡象的過程時,我依然感到窒息,如緩慢下沉時,海水一點一點地灌進鼻腔一樣,甚至連哭都發不出聲。

真不是一個好的新年。

你的呼吸於家人的臂彎中戛然而止。

最後,你仍然在用盡全力向我們道別。

過程實在殘忍,之於我們如此,之於你更是。

我們都知道,你已經很努力、很努力了。你那麼勇敢地承受著疼痛。

生命終止之前的那幾天,你一定很痛苦吧,我的寶貝。

可是你卻連痛苦都無法表達出來。

在你離開以後,家裡變得過於安靜了。

可是有時候,我們似乎還能夠聽見你的腳步聲,聽見你曾經熟悉的嗚咽,聽見鈴鐺輕輕晃動的聲音,就好像你從未離開過。

曾經不信神鬼,如今卻期待著你能對我們的呼喊有所回應,就像你還在的時候一樣。

你是不是回家來看看我們啦?
你是不是,也像我們想念你一樣,想念著我們?

布朗尼,還是要記得啊,我們真的很愛很愛你。
請一定要記得我們,就像我們永遠都不會忘記你一樣。
謝謝我們成為家人,謝謝我們陪伴彼此的所有日子。

04

我想,愛與陪伴是我們給予彼此最珍貴的部分。
我們很想念你。希望時光能夠倒流那般地想念你。
而如今,好好記住你,卻是我們唯一能做的事情了。

4 —— 晴隙

　　真好啊,現在的你已經不會被病痛所折磨了,你可以自由自在地奔跑。

　　親愛的布朗尼、親愛的寶貝,我們知道你對世界有很大的好奇心,但是無論走到哪裡,還是要記得回家的路哦。

自哀書 I

不需要原諒生命中無法避免的陰影。

　　一直以來，我有許多自認為無傷大雅的毛病。
　　可正是這些看似無關痛癢的壞習慣，讓我一再落入泥沼，毫無察覺地越陷越深。外界不知道來自誰的喊聲彷彿始終隔著一層毛玻璃，如同沉在深海裡，耳膜在巨大的壓力之下幾近爆炸，聽得不夠真切，更無法讓當時的我清醒過來。

　　過去的我，究竟在做什麼呢？為什麼要這樣？
　　這些問題依然是一道道無解的題，即使如今終於獲得了解答，也不再具有意義。我甚至不免唾棄曾經的自己，怎麼會自我感動地讓自己變得不再是自己。

　　我總是想著所謂的「如果」。
　　想著為什麼人生不能有重新來過的機會。

4 —— 晴隙

　　我也總是好奇，在那些曾讓我感到迷茫與無措的時刻，究竟有沒有哪個確切的方向或抉擇，能夠帶領我走向自己心目中最為理想的幸福結局。
　　這樣，人生是不是就能簡單些？

　　他人常說：「一切都是最好的選擇。」
　　聽起來多像因為求不得命運的垂憐和仁慈，但為了顧全盡失的顏面，所以便如此向世人宣揚這般大道理。

　　人類很奇怪，有時候信念遠大於自身的渺小，仍帶著膨漲的虛榮與自信；卻又會在某些時刻，卑微地祈求神佛諦聽自己無邊且貪婪的渴念。
　　若我是神祇，會不會被這些整天在自己耳邊喋喋不休的凡類吵死呢。

　　可我發現自己其實也是如此，與他人沒有任何不同。
　　我甚至無法解釋自己的困境。
　　好像比起解決問題，給自己製造更多的問題才是我更加擅長的。

太痛苦了，可是我沒有辦法毀滅他人，只好毀滅自己。
　　還能怎麼辦呢？我和向宿命妥協的他人沒有區別，這樣活下去或許才更容易——我明明也只是想要快樂。

　　而一切無法掌控的變化都使我分心、使我難以忍受。
　　但是生命中我們能掌控的太少了，於是只好把那些不能掌控的稱之為命運。
　　我們怪罪命運的同時，也感謝命運。就像我們遇見，我們分別，我們再也不見。

　　所以，會不會離開我的人們，也只是因為想要快樂呢？
　　然而，這樣的假設卻使我感到更加悲哀，如同隨身攜帶一把裝滿子彈的槍枝，隨時都可能因為走火而傷人傷己。我曾在許多人身上看見不同部分的自己，好比一面銅鏡，映照出我內心最真實的恐懼。
　　我正在緩慢地意識到，或許這就是真相。

　　不知道是否該慶幸對自己依然殘存愛意，所以我選擇憎恨那些使我痛苦的。

4 ── 晴隙

　　哪怕從頭到尾我都尚未釐清，使我如此痛苦的罪魁禍首究竟是誰，還是脫離我掌控的發展。抑或是我自己——我從未饒過我自己。

　　我又該怎麼去接受支離破碎的我呢？
　　至今，我仍在撿拾自己四散的殘肢，寫下關於痛與怨甚至比記錄幸福和快樂更加容易。顯然的是，我還沒有辦法向人們坦然地說出：「我已經沒事了。」這樣的話。
　　可悲哀的是，他們以為我的緘默是因為已經痊癒。
　　他們都相信了，也不知道是相信了什麼。

　　真奇怪，我從未因為不夠了解自己而感到悲傷或慚愧，卻總是在為了根本不在意我傷心與否就選擇離開的人痛苦萬分。
　　彼時的我，真的是因為渴望被愛但不被愛而傷心的嗎，還是因為其他什麼。
　　比如想要被了解、想要被真正看見……比如想要有人來告訴我，這並不全是我的錯，一切都可以沒關係，我的痛苦並不矯情、不輕浮，我也可以有許多不被理解的委屈。

　　不需要原諒生命中無法避免的陰影。

但還是要原諒當時荒唐又愚蠢的自己吧。無關他人。
這是脫離苦厄的唯一方式。不然,我又該怎麼活下去呢?
所以,是時候從迷霧中醒來了。

4 —— 晴隙

自哀書 II

沒有永遠，
只有我們永遠存在於所有的瞬間裡。

　　我還能夠相信什麼呢？
　　世事無常，而人性又如此難測。我們存在的每一刻，都宛如單腳站立於荒涼的小島上，卻仍試圖抬頭望月亮那樣，那樣奮力只為了擷取一瞬的真切。

　　但人經常產生錯覺。
　　例如，以為自己就要痊癒了，又或是以為就要幸福了。
　　而有時候我甚至無法輕易分辨，高掛夜空的明月是真還是假。

　　人心易變，更別提藏匿於面具之下的貪婪、虛榮與私利。我們有充分的理由說服自己絕望，可如果整個世界就是一場恢宏的陰謀呢？
　　像是每天早晨都要經過的街口，地鐵裡因為擁擠與自己摩肩

接踵的陌生人們,溫暖手心的那杯熱咖啡,成天循環播放的某首歌,半頁紙也寫不夠的待辦清單,照片裡因為尷尬而顯得表情不自然的自己,冰箱裡放太久而發臭的食物,當手機充著電也依然堅持要回覆的訊息和電話,忽然忘記怎麼寫的某個字,夜裡驚醒後仍舊無法輕易釋懷的愛恨與前塵——倘若一切都是假的呢?

但有些時候,我也搞不清楚,究竟是世界欺騙了我,還是我自己欺騙了自己。

我甚至不忍苛責命運光明正大耍的小把戲。相反地,我彷彿才是躲在下水道裡那人人喊打、令人作嘔的老鼠,使盡各種手段只為討到一些自以為美味的餐食,為此能夠輕易忍受他人無盡的厭棄和逃離。

為了感受我想感受的一切,我就像賣火柴的小女孩,在想要幸福的時候點燃一根火柴,便能擁有一個新的美夢。

可是太過朦朧了。我不知道在那麼多的美夢裡,自己是否真的快樂過。

只記得有過某些時候,我為了感覺快樂,所以說服自己,讓自己以為自己真的快樂。

——因為篡改自己真實的感受,是一件比去認清自己真實

4 ── 晴隙

的感受還要容易的事情。

　　但那是真的嗎？以為順應環境或是體諒他人，就能夠讓自己幸福了嗎？
　　不是的吧。明明也有恨極的時候，只想吐出最惡毒的詛咒，苦難也應該被同等分享。
　　我從未對自己坦承過，還不夠誠實。

　　混亂的情緒龐雜如成團的毛線，是非真假都無從釐起。
　　就連自己的感受都會失真、都能作假，那這人世間到底還有什麼是真實的呢？
　　還有什麼能夠去相信？

　　意識到這個恐怕無解的問題時，我開始懷疑起，當初的我，真的有熱烈地愛過什麼嗎？還是那單純又是我給自己的催眠或幻覺？
　　就彷彿我把自己分成無數個碎片，散落於所有我在意和忽略的細節裡，以為這是感到愛痛的前提，卻發現似乎再也拼不全自己。

　　分不清真假的我，會不會再也沒有辦法熱烈地去愛什麼了呢。

我忽然感到迷茫，但卻有一絲驚喜——這意味我正在害怕失去真實的自己。這多難得。

若是我連自己的情緒與感受都無法掌控，那我又該如何證明自己的存在呢。或者說，我又該如何同自己建立更深的羈絆。

而和他人擁有再親密的關係也沒有任何意義，關係只是所謂價值交換的代名詞。

人類太擅長偽裝和說謊。誰不是這樣的呢？堅信騙過自己之後就能騙過別人。

這從未讓我真正平靜，可我明明只是想感到安全。

所以，如果什麼都不能再相信的話，相信瞬間吧。

相信每個心顫的瞬間，相信誓言說出口的瞬間，相信淚水模糊視線的瞬間，相信擁抱的瞬間，相信每次愛或不愛的瞬間，相信流星割開夜幕的瞬間，相信懷疑產生的瞬間，相信進退兩難的瞬間，相信那些捨不得的瞬間，相信風拂過臉頰的瞬間。

哪怕它們縹緲又虛無，但一定，有某個瞬間是真實的。

這就足夠了。沒有永遠，只有我們永遠存在於所有的瞬間裡。

——因為生活裡仍然需要盼頭。

4──── 晴隙

自哀書 Ⅲ

不一定會成為更好的人,但無論如何,
我想更愛自己一些。

　　在學生時代,我想一定有許多人和我一樣,寫過一封給未來的自己的信。

　　那時的我,或許正坐在教室裡,聽著窗外的蟬鳴,在信紙上虔誠地寫下對未來的期許。幾年後,當這封信意外地回到手中時,早已忘記自己曾埋下這顆時間膠囊的我,就會驚喜地收到一份昔日的情懷。

　　我如剝除全身衣物那般拆開了信。透過那未曾改變太多的字跡,我彷彿能與當初的自己對望──那個一想到要寫信給自己就感到難為情的少女,正用純真的眼神注視著如今的我。

　　我展開信,字裡行間滿是期許和憧憬,仍抱持著樂觀的操守,對於未知的好奇心竟然大過於憂苦,像一株向陽生長的幼苗,未曾經歷風霜。

這讓如今的我有些不知所措。

宛如分明早已窺見了萬花筒裡炫目又鮮豔的秘密,卻不忍心拆穿。

一路走來,誰不是在一層層揭開生活的真相的呢?或者說,是在一層層揭下遮住自己雙眼的薄紗。

我們跌跌撞撞,堅持著只是為了將這個世界的美好與殘酷看得更加清楚。細細想來,我所經歷的一切,確實沒有如過去的自己那樣,設想得那樣周全和妥貼。

可仍舊走到了現在。多麼值得慶祝。

儘管對於某些人事物,我也沒有隨著年歲的增長而明白得更加通透。

走在已經走過千萬次的街道上,今年冬天迎來的第一場雪異常盛大,多麼像我們原本純潔的浪漫與理想啊。

雪花片片落在髮梢與肩上,打溼了全身之餘,一個不注意還可能莫名吃上一口雪。入目皆是茫茫的白,看久了還以為是自己眼中的白翳。

4 ── 晴隙

　　人來人往，被來回踩踏的雪逐漸消融成一地的髒。毫無例外。

　　哪怕再也無法共情過去的自己，但我也似乎稍微理解了，當時寫信的自己究竟是懷揣著怎樣的心情，才能不沾世故地寫下將來。
　　大抵是因為，那時只專注於落雪形成的濃烈美景，想著可以堆出什麼樣的雪人、能拍下怎麼樣的照片，諸如此類的單純念頭。而現在，為了獲得快樂和幸福，我疲累地做了無數的努力，早已忘記了當初自己光是看到一場雪，就興奮得手舞足蹈的模樣。

　　人類真奇怪，有時候能夠滿足於最簡單的甜，可大部分時候，吞下一大罐蜂蜜都無法徹底去除舌尖上的苦味。
　　於是也搞不太清楚，變得複雜的究竟是所謂的人生，還是我們本身。

　　我自負地認為，我可以如過去那般瀟灑地再寫一封信給未來的自己。
　　可如今的我，甚至不敢再去窺探命運在我身上刻下的脈絡。

我的生活裡不再需要大起大落的情節，總算明白追求平靜比追求幸福還要艱難。然而，我的糾結、焦慮與惡都不夠坦然，我的愛又向來參雜著欲望與執著，想要什麼都擁有，又什麼都擁有不了。

　　我寧願不知道這些。
　　我寧願不要去看見現實和人性的黑暗面。
　　那些令人感到作嘔的荒謬對白，消耗的全是我對世間萬物與對自己的熱情與信任。

　　未來的我又會走向怎樣的未知？
　　那時候的我，又會帶著什麼樣的眼光看待現在的自己呢？
　　我不知道，但我知道我似乎還不夠了解自己。

　　多少人說著要鼓起勇氣往前走，可原地踏步、不停回頭的也是我們吶。
　　人們總是習慣耽溺於確切且已發生過的事實，儘管可能充滿憤怒及沉痛，但是抓住那份能夠令自己感到安心的篤實，仍然比奮不顧身地去追求那虛渺的將來與幸福還要可靠。
　　然後反覆地、仔細地琢磨著因果，可是究竟是想要看清什

4—— 晴隙

麼呢?

　　難道看清之後,就能夠看輕了嗎?

　　這種週期性的失溫使我躑躅,甚至讓我開始敵視自己,我因此成為自己的叛徒。

　　其實也沒有打算再寫下任何期許,可是偶爾也會想,如果我能夠學會如何更愛自己,那就好了。真正接受自己的陰晴圓缺,那樣地熱愛著自己。

　　所以未來的我啊,請妳以驕傲和包容的目光,看著我吧。

　　不一定會成為更好的人,但無論如何,我想更愛自己一些。

星星之火

或許我終其一生都會在光與暗之間擺盪，
既嚮往又懼怕，既熱烈又怯懦。

　　我對那些富有生命力的人們毫無抵抗力。
　　不是指那種永遠熾烈的恆星，也不是火柴劃過夜空的須臾輝煌，而是指深夜裡偶爾閃現的螢火蟲——微弱卻執著，時而隱沒於樹影，時而點亮某片葉脈，卻始終不曾真正熄滅。
　　似乎任何挫折與苦痛都無法掐滅他們心裡的光，像是始終釘在靈魂深處的圖釘，任憑命運如何搖晃都不脫落。

　　而我，和大多數的人一樣，囿於現實之下，困於平庸之地。偶爾也做著與客觀條件相悖的美夢，幻想著揮舞魔法棒就能為庸碌的生活換上一件件精緻漂亮的禮服。
　　可每當試圖改變，想為自己乏味又枯燥的生活加點調味料，想為此做出改變的時候，卻又不知道該從哪裡開始努力，好比在自動販賣機前投幣卻按錯代碼，最後還是取出喝慣的罐

4 ── 晴隙

裝咖啡。

　　可是該怎麼辦呢？
　　我好像沒有那種宏大到願意使我付出一切的夢想，也沒有非要到達的彼方，更沒有孤注一擲的勇氣與堅定——沒有非實現不可的夢想，比沒有夢想更令人焦慮。

　　我耽於平凡，卻又不怎麼甘於平凡。
　　大多數的時候，我仍是被現實生活如人質般裹挾著，偶爾掙扎、偶爾妥協，任由命運將我一點一點地揉碎。我就像站在超市的貨架前猶豫許久的顧客，既渴望拿起進口巧克力，又覺得買促銷泡麵更符合現實。

　　我如同一隻藏身於陰溝裡的老鼠，將黑暗當作自己的庇護所，終日靠著殘羹冷炙果腹。實在餓極時，也會仰起頭，窺探那遙不可及的萬丈光芒，它們燦爛得令人目眩神迷。然後好奇著，那些人的無畏、肆意與自信究竟是從何而來的呢？
　　我早已不再嫉妒了，只剩下純粹的羨慕，只是盼望成為，然而這使我的怯懦看起來像是一幅字畫在即將完成的時候不小心多出來的那一筆。

上一次我為了所謂的理想而奮不顧身，大概是選擇隻身來到一個語言陌生的國度。那是我最接近「勇敢」的時刻。

為了落實自己難得擁有的目標，我花上以年為單位的時間，一步步鋪就前程。儘管期間有過無數次想要放棄的念頭，也無數次與初心產生爭執和衝突，卻仍是跌跌撞撞地來到了我引頸翹望的樂土。

剎那間，巨大且猛烈的快樂吞噬了我，可是隨之而來的卻是無邊的空虛與迷茫。

接下來，我就帶著那份無從紓解的空虛與迷茫離開了熟悉的舒適圈。

被新事物吸引目光的同時，我也感到恐懼和不安，像是一根拉到極限的弦，隨時可能斷裂。我開始對自己當初所作的決定產生了動搖，甚至想頭也不回地逃回自己的老鼠窩。

咬牙撐著走了很長很長的一段路，我以為自己掙脫了命運，終於輪到我走在光裡。但總會在某些時候發現，原來我仍和從前沒有什麼兩樣。

我沒有他人以為的那樣不畏艱阻、堅韌不拔，我承認自己

4 ── 晴隙

有一身傲骨，卻也軟弱得如同一攤爛泥，如此輕易就被擊垮，再也爬不起身。

如果這就是真實的我，那我又該如何與自己和解？

我也曾走在光裡，可明輝之外，影子始終隨行。或許我終其一生都會在光與暗之間擺盪，既嚮往又懼怕，既熱烈又怯懦。

但這大抵就是生命的常態──我們平凡，亦不平凡。

於是只好允許自己當一盞接觸不良的夜燈，在熄滅與復明間練習呼吸。

──有人仰望光，有人接近光，也有人成為光。

微小的善意

恆常地愛著,恆常地被愛著。
還是要這樣相信著。

　　在這物欲橫流且惟利是逐的世界裡,喜惡與愛憎都流淌於灰色地帶。
　　我們總是反覆做著辨析人性的幽深和曲折這種徒勞的行為,卻發現所有量尺在暗處都會失準。或許正因如此,那些偶爾閃現的微小善意才顯得難能可貴,甚至可以稱之為愛——不是神話故事裡燃燒自我的壯烈,是那種真正落到實處的、循環的溫柔。

　　我仍不擅長直面那些無端的惡意。在面對生活或他人的戾氣時,我的第一個反應總是想要將自己摺疊起來,如受到驚嚇的寄居蟹躲進潮間帶,不願意被找到。
　　這糟糕的壞習慣經常使我忘記自己其實不是孤立無援,仍然有人能看穿我面具底下的無助與故作的堅強。我不需要穿上

4 —— 晴隙

鎧甲,也能夠無償獲得溫暖又踏實的擁抱,如同在體溫間進行一場微型輸血。

原來我沒有被厭棄。厭棄我的是我自己。
原來我也可以被接住。

如今,我仍時常為這些得來不易的心意與善良熱淚盈眶。也為命運的高抬貴手。

儘管可能只是他人不經意間的一句誇讚或是不計得失的幫助,比如便利商店店員找的零錢被鄭重塞回我手心時,比如地鐵站口陌生人為我抵住即將閉合的車門時。這些瞬間宛若蒲公英絨毛黏上袖口,行經之處便留下柔軟的經緯線。

這讓我覺得,整個世界似乎也因此變得可愛了一些。

我們都是靠著這些美好瞬間活下來的。

不需要鎂光燈和勳章,不需要多餘的曠野或水晶吊燈,不需要奔跑到時間盡頭,不需要特定誰的目光,世界的仁慈總會在某些令人意想不到的時候出現。

這些善意從不要求我們成為更好的人,它們就如同夜裡自動亮起的感應燈,只要來到,便給予恰好的光。

每一次交換善意的時候，都像在把童年珍藏的玻璃珠放進對方口袋。
　　感覺自己被愛了，一次又一次。

　　而我們每一個人，都是愛的主體。在給予與接收的潮汐間，不斷確認自身存在的光譜。
　　恆常地愛著，恆常地被愛著。還是要這樣相信著。

特別收錄

關於雨的另一種說法

織夢師

她才發現，
原來自己並不比任何一個沉溺於夢境中的人更清醒。

01――

在這漫長的一生中，我們所執著的一切，究竟是真實的存在，抑或只是我們心中選擇相信的幻影？

02――

在濃墨般的夜色的掩護下，一道敏捷的身影輕巧地穿過了樹叢與花圃，宛如一陣無聲的風。月光灑落在牠烏黑的皮毛上，映出淡淡的柔順光澤。

牠迅速地來到了一座聳立的白塔之下，然後大搖大擺地穿過了那扇虛掩的門，彷彿知道那縫隙正是為牠而留。接著，牠輕盈地躍上螺旋階梯，一路奔向頂樓。

還沒有等牠出聲，就有人先溫柔地喊出了牠的名字：「露娜，妳回來了。」

名叫露娜的黑貓立刻鎖定了聲音的來源與方向，牠優雅地邁步朝對方走去，口中竟吐出了人言：「米蕾，我在海邊又看到了一個昏迷不醒的人類。」

米蕾正專注地在面前的畫布上揮灑色彩，手上還沾染了五顏六色的顏料。然而，仔細一看，那些所謂的顏料分子竟是一隻隻嘻笑打鬧著的小精靈，頑皮地繞著米蕾的手追逐彼此。

聽見露娜的話，米蕾停下了手中的動作。她那琉璃般剔透的綠色眼眸望向了懸浮在空中的無數彩色泡泡。

她伸出手，一顆泡泡輕輕落在她的掌心，驀地顯現出一張陌生人的面容。隨即，她又放開了泡泡，任其飄向遠處，低聲呢喃：「真奇怪……」

露娜意會，她所說的「奇怪」，是指那些無緣無故來到島上的人類。

牠心中感到隱隱的不安，這似乎不是一個好預兆。可是看起來，就連米蕾都不知道如何應對這種詭異的境況。

他們所在之處是一座名為失落島的隱密之地。

不知道是從何開始，世界上流傳著一個傳說，在某個神秘的島嶼上，有一位「織夢師」。沒有人好奇她的來歷，因為光是她的能力就令人心動不已。

「織夢師」如其名，她能夠編織夢境，讓人見到自己最渴望見到的人、回到自己最懷念的時光——這是一個多麼巨大的誘惑啊。

於是，人們如飛蛾撲火般趨之若鶩，不論是非真假，他們不惜一切代價，只為了尋找這座神秘的島嶼。

其實進入失落島並不難，只是至今仍然沒有人知道確切的方法，或者說，沒有人離開過。

因為他們並不知道，這項交易隱藏著沉重的代價：夢境交易一生只能進行一次。

而在交易之後，人將永遠沉入夢境，現實中的軀體會逐漸衰敗，最終化為塵土。並且那些選擇進入夢境的人，會隨著時間的流逝，逐漸遺忘自己的過去與現實中的生活，最終完全成為夢的一部分，永遠地迷失在虛幻的世界中。

特別收錄｜關於雨的另一種說法

　　米蕾就是人們以靈魂為火炬所追尋的「織夢師」。
　　她從眼淚裡抽出記憶紡成絲線，將炙熱的想望與痛苦熬成染料，為每一位獻祭者編織獨一無二的夢境。兒時的搖籃曲、戀人失溫的誓言、戰火焚毀的故鄉⋯⋯都是她紡車上最矜貴的絲綹。先織就布匹，再用畫筆點綴每一個朝霞。

　　能穿越潮汐並敲響白塔之門的，皆是與絕望簽約的賭徒。
　　他們選擇親手掐滅自己的心跳，盡付餘生，甘願用呼吸的全部重量交換一場永不醒來的虛構溫暖。或許只是想要重溫那個蟬鳴午後，或許只是想再一次給出當初被拒絕的那個擁抱。

　　訪客來來往往，對於人們蟄伏於心底的貪念與渴求，米蕾早已習以為常。
　　她踩著紡車，將人們最深切的願望縫合於虛幻的絲線之中，冷漠地看著他們沉溺於往事，尋找逝去的溫度。
　　只是，她偶爾仍會對著那些虹光發愣：夢境究竟是記憶的墳場，還是溫床？

　　那些由回憶餵養的幻影如此鮮活，幾乎看不出絲毫破綻。

於是，每當她看著夢境中的人們露出幸福又滿足的笑容時，她便不再細究這個問題。

米蕾緩緩起身，綴滿星屑的玄色長袍在身後迤邐如銀河，流動著惑人的光澤，隨她的步伐輕輕浮動。

她來到窗邊，凝視著這片長久沉眠於夜色中的海洋的同時，也聽浪濤吟唱著安魂曲。失落島沒有晨昏，這裡的天空從未迎來黎明，唯有永無止境的暗色籠罩著這片土地。

然而此刻，珍珠般的柔光卻驀地刺破墨色海面。

在那些載浮載沉的微光裡，米蕾清楚地看見那傷痕般的魚肚白，正滲著淺金色的血。

畫筆從米蕾的指間跌落。在胸腔轟鳴如雷的瞬間，她倏地回過頭，成千上萬懸浮的繽紛泡影之中，唯有一顆正彌散著融汞般的霧絲，恰似晨曦將破的天幕。

十多日前，那個披著霜雪的少年來到白塔之下，青澀的面容忽焉浮現，他在契約書上簽下的名字隨著霧氣漫開——盧西安。

特別收錄 ｜ 關於雨的另一種說法

03

　　少年睜眼時，一片白色的花瓣正巧落在他的面頰上。
　　「盧西安，你怎麼又睡在這裡了？太陽都要下山啦！」一道屬於少女的清泠笑聲如海燕掠過浪尖，比暖風先一步抵達他的懷抱。
　　盧西安看著艾薇赤著腳奔向他，剛踩過浪花的腳趾還沾著沙粒。十四歲少女的重量彷彿比信天翁的絨羽還要輕盈，任由風為自己的一頭紅髮做出不同的造型。

　　時間已經不早，少年便偕同妹妹一起回到了家。
　　正當他推開斑駁的藍色木門時，鹹澀的海風就裹著燉菜的香味侵入了他的鼻腔，他這才意識到自己原來已經飢腸轆轆。
　　母親伊莉絲背對他們，緩緩攪動著陶鍋，黃色格紋的圍裙繫帶跟著微微晃動。圍裙是母親用他的舊衣物重新裁縫出的，邊角的布料早已泛舊，某一角甚至留有一個燒焦的小黑洞。

　　「你們回來了。」伊莉絲聽見聲響，回頭朝他們笑出眼角邊的細紋，鍋邊蒸騰的霧氣宛如溫柔的毛毯一樣包裹著她的身體。
　　父親諾亞正坐在壁爐旁，這時也從航海日誌裡抬頭，下巴

的舊疤痕隨笑意皺起,「正好趕上你們母親的拿手燉菜。」

　　這是被記憶完美復刻的琥珀色黃昏──
　　母親總會用木勺的背面壓碎湯鍋裡的馬鈴薯,而艾薇總會趁無人注意時偷撒比食譜多兩倍的羅勒葉。還有尚未端上盤的醃鯡魚,夾雜著迷迭香與檸檬的氣味,縈繞著整間屋子。
　　當盧西安拉開藤編餐椅,椅腳與地板的刮擦聲熟悉得讓他眼眶發熱。
　　木製餐桌是父親親手製作而成的,本來被磨得平滑的表面,卻被小時候的他用刀刻出了一艘小船。

　　「嚐嚐這個!」艾薇俏皮地將藏著牡蠣的麵包塞進他嘴裡。
　　盧西安感受到海潮的鮮甜在舌尖炸開,味蕾所帶來的盛宴使他回味不已。
　　他已經記不得上一次吃到母親烹飪的料理是什麼時候的事情了。

　　諾亞那帶著粗繭的手指輕輕地貼在酒杯杯緣,開始講述起他上週出海的故事──他說,他與團員們在東南方海域的海床上,發現了一片閃爍銀光的珍珠貝群。

All The Rain Becomes My Tears

特別收錄｜關於雨的另一種說法

　　伊莉絲捧場地應和著丈夫的同時，也不忘為兩個孩子們添菜。

　　盧西安注意到，母親耳後那綹總是不聽話的灰髮，在夕陽的餘暉中熔成燦亮的金線。
　　他的心裡湧起難以言喻的滿足感，這份寧靜與溫暖，讓他確信自己作出了正確的選擇。
　　這是他最渴望的生活，不是嗎？
　　所以這裡才是他真正的世界。

　　飯後，是家裡慣例的相聚時光。
　　閣樓裡的老松木箱飄出濃郁的酒香，艾薇赤腳踩過吱呀作響的地板，揚起的塵埃在光柱中跳著一曲慶祝的舞。
　　她熟門熟路地在自己衣櫃的最底層翻出那本海洋圖鑑，蠑螺造型的書籤仍夾在其中，那是她發現海豚插圖時，拉著全家人一起用炭筆描摹的夜晚。

　　接著，她懷抱著綴滿藤壺的鐵盒跑下樓。
　　盒內擺放著鏽蝕的懷錶、一枚木雕的小船模型，以及今天剛撿到的一枚虹彩貝殼──少女堅信那是美人魚的鱗片。

然而，當艾薇興匆匆地想與家人分享自己的珍藏時，卻發現大家都沒有注意到她，於是只得氣呼呼地在一旁的沙發上坐下。

盧西安正在與父親下棋。
此刻，諾亞將自製的船錨棋子擲在棋盤上，發出清脆的聲響。
菸斗騰起縹緲的煙霧模糊了掛在牆上的航海圖。

盧西安剛要擲骰子，艾薇突然伸腳，將冰涼的腳掌貼上他的腿。他本能地縮了一下，忍不住笑出聲。就像無數個午後，她趁他不注意時對他惡作劇一樣。
他沒有發現，妹妹腕間的貝殼手鍊，少了兩枚乳白色的扇貝。

窗外傳來霧笛聲，如同來自遙遠深海的召喚。
母親站在水槽前，背影被暖黃燈光柔和地勾勒出輪廓。她哼著那首改編自船歌的搖籃曲，他們從小聽著這首歌長大，對於旋律再熟悉不過。
盧西安的目光重新回到棋盤上，卻發現自己的布局已經被

特別收錄｜關於雨的另一種說法

父親識破，懊惱地哀嚎出聲。因此他沒有察覺，母親清理水槽的動作，已經重複了第六次。

夜幕垂落之際，艾薇又有了主意，拉著全家人一起來到露臺上看星星。

四人圍坐於密布裂紋的鑄鐵桌邊，搖曳的燭火映出幾分溫馨。

母親端來熱燙的蜂蜜水，壺中氤氳著金黃色的霧氣，杯底沉積的星砂在月光下閃爍著微光，那是艾薇五歲時放進蜂蜜罐中的「魔法配料」，能讓夢變得甜美，宛若蛋糕上必備的糖霜。

父親輕晃菸斗，指點著夜空裡的冬季大三角，聲音低沉如潮水，卻始終避談南十字星——那是他上一次遠航歸來時的航標，如今彷彿成了一個不願觸碰的禁忌。

「爸爸，你見過美人魚嗎？」艾薇晃著小腿，捏起一顆水果糖含入口中，纏繞在她髮上的細繩墜著一枚鯊魚齒，隨著她的動作輕晃，細細地切碎了月光的倒影。

少女是如此篤定世界上存在著美麗而神秘的物種，沒有人願意毀去她這般天真但富有想像力的信念。於是諾亞順著女兒

的心意,開始講述起根本不存在的航海見聞,看著女兒的瞳孔因興奮而擴大,猶如兩枚鑲嵌在夜空中的黑珍珠。

艾薇從鐵盒裡拿出那片閃爍著銀藍光澤的貝殼,貼上了盧西安的耳際。
「盧西安,你有沒有聽到什麼?」她輕聲說道,將自己最珍貴的秘密之一分享出去:「這是海妖的歌聲。」
鐵盒底部新生的裂縫正緩緩滲出鹽晶,如同時間悄然侵蝕的痕跡。

夜風溫柔地拂過露臺,最終撐不住熬夜的艾薇在他的腿上沉沉睡去,髮間的海藻香與鹽霧的氣息重疊。
在一旁,父母低聲交談的韻律如同古老悠遠的魔咒。
盧西安仰望著漫天星斗,任憑星光穿透眼簾。
這一刻,在這個所有痛覺神經都被溫柔包裹的世界裡,他終於放任自己沉入這厚實的幸福之中。

04———

晨光像融化的蜂蜜塗抹在碼頭,浪花輕撫著「海鷗號」的

特別收錄｜關於雨的另一種說法

船舷，奏出規律的潮音。空氣中彌漫著海風與松脂交織的氣息，彷彿在預示一場即將展開的冒險。

這天，是盧西安首次隨父親出海的日子，一趟航程便要離家半個月。

伊莉絲立於碼頭邊，手指不自覺地摩挲著裙襬褶痕，湛藍色的眼眸映著海水的粼粼波光，嘴角掛著婉約的笑意。

不捨之際，她輕聲與兒子叮嚀著許多注意事項，向即將遠行的親人道別。

「盧西安，這個給你，它能保佑平安，也能幫助你們找到寶藏。」艾薇將親手編織的手鍊繫在兄長的手腕上，貝殼與彩色玻璃珠隨之叮咚作響。「這可是我的祝福哦！」

十四歲少女總有用不完的精力，似乎真正要出海的人是她。此刻，她正對著逐漸升起的船帆比劃，「等我再長大一些，很快我就能和你們一起出海了，到時候我一定會親眼看到美人魚！」

盧西安低頭轉動腕間的貝殼，玻璃珠折射出妹妹雀躍的臉龐。

「那妳得先學會了解每個星斗的意義與方位才行。」他伸手將艾薇被風吹亂的髮絲別至耳後，少年指尖殘留著烤餅的香氣——那是母親天未亮就起身，為他們準備的餞別禮。

「準備出發了。」父親帶著厚繭的手掌穩穩壓上他肩頭，渾厚的嗓音在耳畔響起：「這次，你將成為真正的航海者。」

為了獲得大海與神祇的護佑，盧西安在父親掌心畫下「安全返航」的星芒符號，如同某種神秘的小小儀式。諾亞的掌紋與記憶分毫不差，那些被海風蝕刻的溝壑，曾在他七歲時托著羅盤教他辨認北斗七星。

啟航號角響起時，艾薇的歡呼和伊莉絲揮動的方巾都被海鷗叼往天際，碼頭在視野中縮成越來越小的白點。

諾亞將望遠鏡遞給兒子，鏡片裡的港灣正流淌著蜜色光暈，讓盧西安不禁想起母親釀的蘋果蜂蜜，今早他才沾著那抹濃郁與烤餅一同入口。

松木船舵上留有祖父的牙印，清晰依舊，那是四十多年前老船長掌舵時留下的勳章，亦是每一次凱旋的榮耀證明。

盧西安細細撫過磨損的紋路，指腹傳來歲月積澱的溫潤觸感。

特別收錄｜關於雨的另一種說法

　　母親製作的薰衣草香囊在羅盤盒裡安睡，如同一隻蝴蝶憩息於其中。

　　海鷗號的桅杆劃開晨霧，天空終於顯露真面目，那是和母親瞳孔顏色一樣的晴朗，彷彿昭示著接下來的遠行都將有好天氣。
　　盧西安握緊欄杆，看見自己的倒影正在浪花裡蛻變，鹹澀的水氣沁入鼻腔的瞬間，他隱約聽見身體裡迴盪起與父親相似的潮聲。

　　少年心潮澎湃，希冀能將此刻的浪沫風紋盡數拓進眼底，將這初航的晨光封存進往後每個需要勇氣破浪的時刻。

05

　　海鷗號歸航後的第九個清晨，盧西安在床頭發現一枚生鏽的船釘。金屬表面爬滿斑駁的鏽跡，尖端還沾著暗褐色的汙漬，猶如被遺忘在時光深處的詛咒信物。
　　他總覺得自己弄丟了某塊記憶拼圖，就像潮水退去時留在沙灘上的貝殼，明明近在咫尺，卻怎麼也撿不起來。

於是，他試圖追溯這枚船釘的來歷，腦海裡卻浮現出艾薇的笑靨——她正專心致志地用貝殼風鈴裝飾自己臥房的窗，笑嘻嘻地聲稱這是從美人魚宮殿偷來的寶物。

「盧西安！」艾薇的呼喊從樓下傳來，伴隨椅子拖拽的尖嘯，像有誰用指甲刮擦著夢境的帷幕。

少年猛地回神，將船釘塞進口袋，指尖殘留著刺痛的鐵鏽味，彷彿觸碰了某個不該被喚醒的記憶。

他走下樓時，母親正在擦拭那組未曾使用過的琉璃杯，動作精確得像鐘擺，每一次擦拭的弧度都與前一次分毫不差；而父親的菸斗在沙發旁騰起熟悉的松香，航海日誌翻到空白頁，邊緣卻凝著不應該存在的鹽粒，宛如淚水風乾後的霜。

「這次，該由你續寫航程了。」諾亞將手中的航海日誌遞給兒子，好比一種莊嚴的傳承儀式。

盧西安的首次出航，可以說是一次無比順利的征途。

他學會了如何識別那些神秘的洋流，學會了撥開大霧去解讀星象，甚至在一場突如其來的風暴中巧妙避開了命運的挑戰。航海者的血脈在他體內徹底甦醒——他是一名真正的航海者了。

特別收錄｜關於雨的另一種說法

艾薇捧著百寶箱挨近兄長，像往昔那般將那枚虹彩貝殼貼上他的耳際，「你聽——」

這次，盧西安聽見的卻不是記憶中「海妖的歌聲」，而是那場被他遺忘的雨夜——暴雨襲擊甲板，雷鳴如銀劍劈開夜幕，海浪如張開巨口的怪物，一次次吞噬著殘破的帆。

「抓住繩索！盧西安！」父親的嘶吼混著纜繩斷裂的呻吟和母親以及艾薇的尖叫聲。

盧西安踉蹌後退，撞翻了剛擺上花瓶的木几。

「怎麼了？」艾薇歪頭凝視他蒼白的臉，腕間的貝殼手鍊閃著無辜的光。

少年張口欲言，喉嚨卻像是被無形海藻纏繞住。

這場不應該存在夢境裡的災難，為何會在他好不容易的平靜生活中，再一次出現，甚至捲起了漩渦？他更不應該想起這段往事。

盧西安開始無法確定，他的記憶究竟是真實，還是夢境的一部分。

那天夜裡，他輾轉難眠，便獨自走到露臺透氣。

月光如薄霧灑落，海面平靜得像一面鏡子。

當他俯視水面時，卻猛然發現倒影如融化的蠟像，五官被扭曲成重疊的陰影。倒影旁，還浮現出一道黑袍飄曳的身影。

「你干涉了夢境的平衡，盧西安。」熟悉的聲音自海霧中響起。

他驚愕地轉身，看見一道人影立在船舷旁，霧氣凝成銀髮少女的輪廓，鴉羽斗篷翻飛如蝶。

「米蕾……？」盧西安無意識地低語，卻不記得自己為何會知道這個名字。

「你的存在讓失落島產生了異象。」米蕾的語氣平淡無波，像在陳述一個無可爭辯的事實，冷靜而審慎地看著少年，「這裡不該有波動的記憶，你的夢境正在崩潰。」

失落島、夢境、記憶……這三個詞吸引了他的注意力。

但……崩潰？為什麼崩潰？

盧西安皺起眉，這才注意到四周的環境正在發生細微的變化——倒流的潮水，月光在結成冰晶，船隻的繩索纏繞著不可

見的霧氣,一切都像是時間的沙漏正在被逆轉。

「這裡是夢境,對吧?」他低聲問道,卻不確定自己是否想聽到答案。

米蕾沒有正面回答:「執念是會反噬的錨。」

「你的記憶不該如此清晰。」米蕾有些困惑,「交易者應該遺忘現實,才能安穩地沉睡在夢境裡。但你的記憶不僅沒有被吞噬,反而開始擴張,這才造成了夢境的不穩定。」

她頓了頓,目光重新落在盧西安身上,語氣裡帶著一絲評估的意味:「你的存在,正在扭曲這個世界。」

盧西安屏住呼吸。

浪濤在兩人的對話中沸騰,琉璃杯碎裂聲從船艙傳來,不遠處燈塔的光芒忽明忽滅,宛如垂死之人最後的掙扎。

米蕾輕輕抬手,指尖點在少年的額心,銀色絲線如蛛網般纏繞他的意識。「醒來吧,盧西安。」

米蕾的聲音如潮水般吞沒他,夢境的邊界在夜色中徹底崩塌。

06

　　白塔的基石突然震顫，露娜瞬間警覺，瞳孔縮成了一線銀針，背脊的毛髮如海浪般豎起。這股能量熟悉而詭異，彷彿某個沉睡的存在正被擾動，翻過了夢境與現實交界的潮水線。

　　牠沒有片刻遲疑，迅速地躍上螺旋階梯，穿過漂浮的彩色泡泡，抵達頂樓時，正看見米蕾的身影從白霧中浮現。她的身後，顏料精靈們托舉著一個昏迷的少年，它們的翅膀灑落星屑，將空氣染成虹彩。

　　「米蕾，」露娜的尾巴輕輕擺動，目光落在盧西安蒼白的臉上，「⋯⋯你們回來了。」

　　米蕾揮了揮手，顏料精靈們頑皮地在空氣中打了個旋，然後才小心翼翼地將少年放置在織滿銀絲的柔軟地毯上，隨後便化作一縷縷彩煙消散。

　　露娜沒有立刻靠近，只是靜靜地注視著這個看似無害卻引發失落島異象的少年。牠的耳尖微微顫動，彷彿能聽見他體內尚未平息的浪潮聲。

　　「米蕾，現在要怎麼處理他？」露娜問道，聲音像風鈴

特別收錄 ｜ 關於雨的另一種說法

　　輕響。

　　米蕾坐回紡車前，指尖輕撫過各色絲線，恍若在翻閱一本尚未寫完的故事書。她的眉頭微微蹙起，這是一種她極少體驗的情緒——苦惱。

　　她凝視著空氣中飄浮著的無數透亮泡影，每一顆都映照著陌生人的笑靨與淚光，被定格在他們認為最幸福的瞬間。然而，屬於盧西安的那一顆虹彩泡泡，早已脆裂成星屑，消散在時間的洪流之中。

　　米蕾曾仔細觀察過少年的夢境，試圖找出崩潰的源頭。

　　起初，她以為是自己在紡織時出了差錯，或許是某根絲線打結，又或是某個記憶碎片未被妥善安放，才會致使夢境崩毀，甚至引發失落島的異象。可是，她回溯每一道工序，反覆檢視絲線的紋理，夢境的結構沒有一絲一毫的缺陷，每一處都恰到好處。

　　米蕾感受著絲線間的脈動，彷彿能觸摸到盧西安殘留在夢境中的執念。那是一種她無法完全理解的情感，卻讓她感到一絲陌生的共鳴。

她輕嘆一聲，微不可聞，只餘紡車的嗡鳴聲在寂靜的塔樓中迴盪，像是從未停止轉動的命運之輪，也像是某種無聲的質問。

　　她終於意識到，問題並非出在她身上，而是出在那個少年──
　　只要心中存有未曾消散的質疑，再真實的夢境，也無法成為現實。

　　「讓他先睡一會兒吧，」她低聲道，語氣中帶著一絲罕見的遲疑，「其他的，等他清醒後再說。」
　　將人送進夢境，向來輕而易舉。但將一個人從夢境中帶回⋯⋯這從未發生過。但她深知這樣的轉換對凡人而言太過沉重，就像將人類強行沉入深海，壓力足以撕裂他們的靈魂。若非如此，他不會昏迷過去。

　　此刻的盧西安正陷入這樣的困境。
　　他的意識漂浮在無盡的黑暗中，潮水在耳邊呢喃低語，四周是破碎的記憶碎片，像被海浪沖散的發光貝殼，每一片都閃爍著過去的殘影，卻又朦朧得難以拼湊完整。

特別收錄｜關於雨的另一種說法

　　盧西安的視線開始模糊，現實與夢境的界線如潮水般退去又湧來。
　　他看見父親在暴風雨中割斷救生筏的繩索，卻又同時看見他如往常般在餐桌旁講述航海故事；母親的啜泣聲與她的笑聲重疊；艾薇的貝殼風鈴搖曳著，接著化作了海難當晚雷鳴的回音。

　　記憶如碎裂的鏡面，每一片都映出不同的真相。
　　他一時之間竟分不清楚，其中哪些是現實，哪些又是夢境。
　　世界在崩塌，又在重組，現實與夢境通通被擠壓成扭曲的迷宮。

　　「抓住繩索！盧西安！」父親的嘶喊從深淵中傳來，卻被另一道溫柔的聲音覆蓋：「這次，該由你續寫航程了。」
　　少年伸出手，試圖抓住這些聲音，卻發現自己的手正逐漸消散，彷彿要與這片虛無融為一體。潮水無聲地湧來，從四面八方席捲而至，如同無形的手掌，將他推向更深處的虛無——

　　他猛然睜開雙眼，劇烈地喘息著，額間浮現細密的冷汗。他的頭痛得像被浪濤拍打過的礁石，但思緒卻是前所未有的清

晰，宛如暴風雨過後的海面。

「你醒了，」米蕾的聲音從紡車旁傳來，語氣平靜卻帶著一絲探究，「感覺如何？」

盧西安坐起身，發現自己的手掌不再透明，唯獨腕間多了一道銀絲纏繞的痕跡，以及……一條熟悉至極的手鍊，是艾薇在他首次出航那天送給他的禮物。但是分明早已丟失在那場海難之中。

他忽然就想起了艾薇曾說過的話：「盧西安，你看，潮水總會把貝殼帶回岸邊。」

那一刻，他明白了自己的選擇。

「讓我回去吧。」他開口，語氣堅定如錨，「夢境再美好，也只是過去的影子。比起活在回憶裡，我更想回到現實，繼續向前走。」

米蕾的指尖在紡車上停頓了一瞬，銀絲隨之顫動。

「從未有人這樣選擇過，」她輕聲道，目光透過窗戶望向遠方翻湧的雲海，「我不知道會發生什麼。夢境的裂縫可能會將你吞噬，也可能讓你永遠困在現實與幻象之間。」

「我願意承擔後果，」盧西安直視她的眼睛，「這是我自己的選擇。」

米蕾沉默良久，最終緩緩抬起手，紡車上的絲線如浪般湧向盧西安，將他層層包裹成一顆透亮的泡影。泡泡表面浮現出記憶的餘燼——暴風雨之夜，父親將他推上救生筏，母親將一枚懷錶塞進他掌心，艾薇的呼喊被浪濤吞沒。

「願潮水指引你回家的路。」米蕾輕輕闔上雙眼，語聲逐漸遠去：「也願你⋯⋯能承受真實的重量。」

泡影破裂的剎那，盧西安感覺自己被拋入無垠的深淵，意識也墜入了黑暗的漩渦。

耳畔，迴盪著米蕾最後的低語：「或許有一天，我們會再見。」

然後，一切終歸寂靜。

07──

白塔的紡車在盧西安離去後依舊嗡鳴，銀絲交織如月光凝成的琴弦，微光閃爍間織就無數夢境。

米蕾凝視著最後一縷絲線從指尖滑落，空氣中懸浮的記憶碎屑宛如被驚擾的星砂，折射出千百個未說完的故事。

　　某一瞬，她似乎聽見了浪濤聲穿透夢境的帷幕，不是永恆的安魂曲，而是真實浪濤啃噬礁石的碎響，彷彿來自過往遙遠的呼喚。

　　紡車的絲線在靜夜裡泛著幽光，米蕾的指尖懸在最後一根絲線上，遲遲未能落下。

　　她理應感到如釋重負，像所有完成交易的時刻那樣。可此刻，卻有一絲難以言喻的空缺盤踞在心底，像退潮後遺留在沙灘上的空洞。

　　她想起盧西安最後望向她的神情，那不是迷途者慣有的眼神，而是已然看破昏曉、明白自身選擇的目光。那目光讓她不安。

　　露娜蜷在紡車旁，尾巴掃過她腳踝。「怎麼了？」

　　「不知道，」米蕾望著面前交錯的絲線，「只是覺得，這些紋路忽然變得很陌生。」

　　她靜靜地看著紡車，銀絲在指尖遊走，卻織不出任何畫面。

　　不知從何時開始，她竟已無法再織出自己的夢境了──她

渴望的夢境，究竟是什麼模樣？她記不得了。那些為他人編織的虹彩泡沫中，可曾藏過一顆屬於她自己的晨光？

視線下移，她的目光落在掌心，那裡有一道淡淡的銀痕，如同某種印記。她不記得它從何而來，卻覺得它自始至終都與她同在，如同這座塔，如同這座島，如同這些絲線，如同她的存在本身。這印記像一條蜿蜒的溪流，連接著她與她那被遺忘的過去。

她一直以為自己只是這座塔的守護者、是夢境的守門人、是不受影響的存在，只為迷失者指引夢境的方向。可當盧西安打破這一切時，她才發現，原來自己並不比任何一個沉溺於夢境中的人更清醒。

──她為什麼會在這裡？

記憶中，似乎有什麼東西在夢與現實的交界處潰散了。她試圖回想，卻發現自己記不起自己最初的名字，記不起自己「成為米蕾」之前的事。記憶如霧靄，被海水沖刷，留下的只是殘影。

她的過去呢？她的選擇呢？

「這不合理⋯⋯」她喃喃自語,指尖微微顫動,銀絲在她的手中驟然斷裂,化作點點光雨,消散於空氣之中。

她怔怔地望著那些碎裂的絲線,一種奇異又熟悉的感覺浮現在心頭——這一幕,像極了盧西安夢境破碎的那一瞬間。

如果她曾經作過選擇呢?

如果她也曾站在現實與夢境的交界處,像盧西安一樣掙扎過呢?

那麼她當時選擇了什麼?答案昭然若揭——她選擇了遺忘。

不,不只選擇了遺忘,而是她的「交易」從未真正生效。

她以為自己是夢境的織造者,卻從未質疑過,或許她本身就是夢境的產物。失落島不只是她守護的地方,也是她的一部分。

這個認知讓米蕾幾乎喘不過氣。

她環顧四周,那些飄浮的泡泡仍閃爍著流光,潮水依舊在遠方翻湧,紡車還在轉動,可她卻覺得,一切都變得陌生起來。

米蕾閉上眼,感受著這片與自己心跳一致的世界。她清楚地知道,有什麼已經無可挽回地改變了。

這裡是她的歸處,她的選擇,她的遺忘,也是她的永恆。

銀絲在指尖滑落,米蕾又一次清楚地看見,墨色的天幕再一次被無聲割裂——失落島終將迎來黎明。

殺死我的所有格

可是眼淚也只是小小的海，
裝不下我一生的苦痛與心傷。

01────

　　林曦死後，無論愛她還是傷害她的人，都成了嫌疑人。

02────

　　天將亮未亮之際，溼冷的天氣使整座城市都昏昏欲睡，濃霧吞沒了街道與天際的交界，橋上零星的晨跑人影被稀薄的路燈光拖曳成斷續的影子。
　　冬陽橋下的河水裹著鉛灰色的霧靄，波瀾不興，漂浮的枯葉隨水波微微打轉，像是在無聲唱著季節更迭的哀歌，將僅存的天光一點點吞沒。

「那是……」

晨跑的女子停下腳步,試圖分辨河面上那團隱沒於霧中的異影。當她後退時,鞋底碾碎了岸邊的薄冰,清脆的裂響劃破了靜寂。

她起初以為那只是漂浮的垃圾,或是某個被遺忘的物件。然而,當晨風稍稍撥開水霧,視線的輪廓逐漸清晰,那並非雜物,而是一個人影——或者說,一具屍體。

長髮溼漉漉地糾結成一團,如同沉沒水底的水草,大衣緊貼在軀體上,上面的某顆鈕扣消失無蹤,縫線扭曲的殘跡宛如一道未癒合的傷疤。

晨光穿透薄霧,將死者半浸於河水中的臉龐映亮——那是一張年輕女子的臉,蒼白的肌膚映著冰冷的水色,嘴脣泛青,眼睛半睜半閉,凝視著灰濛濛的天幕,像是在望向某個無法言說的深處。

晨跑女子胸腔內的寒意順著血液蔓延,毛骨悚然的戰慄使她顫顫巍巍地報了警。

直至封鎖線拉起,現場一時之間充滿著警笛與人聲的喧囂,她的呼吸與其他圍觀者一同在冷空氣中凝成白霧,與河面蒸騰

的水氣交錯翻湧，最終一同歸於寂靜。

　　封鎖線內，法醫的橡膠手套沿著屍體蒼白的腕骨滑過，金屬鑷子夾起睫毛上細碎的冰晶。在這具僵冷的軀體上，死者的右手緊握著什麼，指節僵硬，彷彿在抓住某個未及出口的秘密。
　　當她輕輕撬開那因死亡而僵直的手指時，一截折斷的銀杏葉柄靜靜落入掌心，秋日最後的金黃已經褪成鏽褐，葉柄碎屑混著細小的冰碴簌簌落下，在白布上劃出細微而寂滅的聲響。

　　「初步檢查，沒有外傷，沒有明顯掙扎痕跡。」法醫的聲音混著遠方警笛的殘響，「死亡時間大約在凌晨兩點到三點之間。」
　　「沒有掙扎？」負責現場勘察的刑警趙言嘉聞言，不禁皺起眉，「也就是說，她可能沒有試圖自救，還是說……她根本來不及掙扎？」
　　法醫沒有正面回答，只是輕輕拉上裝著銀杏葉的證物袋，語調平靜：「還需要更詳細的屍檢來確認。」

　　陳錚蹲在橋欄邊，強光手電筒掃過青苔斑駁的水泥檯面。放大鏡下，兩道新鮮刮痕從欄杆中段延伸至底部，刮擦處滲著

深色纖維。

「死者外套顏色？」陳錚問道。

「灰色羊毛大衣。」鑑識員舉起證物袋，燈光穿透冰水浸透的布料，隱約可見左襟有一處不規則的淺色斑塊，像是被反覆揉搓後褪了色。

江怡然從鑑識員手中接過死者大衣口袋裡找到的手機，河水早已浸透機身，暫時開不了機，死者的身分仍無從確認。

於是，警方開始搜索周圍環境，調閱冬陽橋附近的監視器畫面，但畫面卻詭異地缺失了墜河的過程。

監視器裡的凌晨一點十七分。

死者獨自走上冬陽橋，圍巾被夜風掀起又落下。

她的步伐不快不慢，沒有任何異常舉動。接著，她在橋燈照不到的陰影裡停下，監視器鏡頭中的她彷彿被黑暗吞噬，成為畫面裡一道模糊的剪影。

當一輛貨車駛過，鏡頭被短暫遮蔽，橋面水漬倒影忽然扭曲——陳錚注意到，有什麼重物墜入河心的漣漪在畫面邊緣閃過。

貨車駛離後，監視器裡已經沒有了她的身影。

　　那麼，她是自己跳下去的，還是被人推下去的？

03 ——

　　「荒謬！這一定是謀殺！」周靜嫻的聲音幾乎要刺破審訊室的空氣，壓抑的燈光映照在她緊繃的側臉上，顯得蒼白而憔悴。

　　「周女士，我們還在調查——」

　　「你們是在敷衍我嗎？」周靜嫻情緒激動地打斷了江怡然的話，「我的女兒那麼優秀、完美，她不可能自殺！她一向開朗樂觀、事業順利，和任何人都相處得很好，感情生活也沒有問題，她為什麼要選擇去死？」

　　屋內的空氣凝滯，江怡然沒有立刻回應，餘光瞥向坐在對面的陳錚。陳錚的神情是一如往常的沉靜、冷淡，唯有輕蹙的眉心顯示出他內心的某種思索。

　　作為這樁案件的主要負責人，他檢閱過所有相關資料，但目前無論是監視器畫面、死亡現場，還是屍檢結果，都還未能

給出一個明確的答案。這讓他感到不對勁,而出於直覺,他對死者母親的話,也並未完全相信。

「林曦昨晚有異常行為嗎?或者有說什麼奇怪的話?」他語氣沉穩而低緩,帶著某種不容置疑的壓迫感。

「沒有!」周靜嫻語氣堅定,幾乎是立刻回應,「她昨天中午才和我一起吃了飯,下午和朋友去看畫展,還有分享照片給我,一切都非常正常。」

說到這裡,她突然像是想起了什麼,手忙腳亂地從包裡翻找出一本筆記本,顫抖著將它扔在桌上。黑色的封皮微微磨損,書脊處有摺痕,是經常翻閱的痕跡。

「這是林曦的日記。裡面記錄了她的生活和心情⋯⋯你們看看,看看她最後寫了什麼!」

筆記本在桌面上攤開,紙張微微泛黃,邊角因為長期書寫而捲曲。

前半本字跡工整如印刷體,某頁的頁腳甚至畫著一個笑臉太陽,內容皆是些日常瑣事與瑣碎的浪漫情懷。可越往後翻,字跡就越發紊亂,紙張上開始出現劃掉的字句,墨水滲透進纖維裡,像一道道無法癒合的傷口。

「他又來了。」

「他站在門外，敲了三下，聲音很輕很輕，卻像回聲一樣，久久不散。」

「我不敢開門，也無處可逃。」

——筆跡在最後一行戛然而止，如同某種話未說完就被生生剝奪了。

「這個『他』是誰？」陳錚的指尖停在某一篇日記上。

周靜嫻咬著牙，紅著眼說：「這個人，一定就是害死我女兒的兇手！」

江怡然也為人母，自然能夠理解周靜嫻喪女的心情，不過她的話實在過於主觀與武斷，他們不可能全然聽信，一切還是需要依證據為主。

「周女士，一切都還不能確定，但我們會繼續調查。」江怡然的聲音平穩，語氣裡不帶絲毫波動，彷彿這不過是日常工作的一部分，「這本日記，我們也會帶回去做進一步的分析。」

周靜嫻像是還想說些什麼，嘴脣微顫，眼神裡的悲憤和恐

懼交錯。但最終，她只是點了點頭，沙啞地吐出一句：「請你們……一定要查出真相。」

「我們會的。」江怡然淡淡地應道，隨即動作俐落地將日記封入證物袋，透明塑膠反射著冷白色的燈光，紙張在其中如同被困住的殘影。

陳錚沒有說話，視線落在那本日記上，神情凝重。過了一會兒，他才開口：「周女士，除了這本日記之外，林曦最近有沒有跟妳提過什麼異常的事嗎？例如，有沒有說過她懷疑自己被跟蹤，或者接到過奇怪的電話？」

「沒有。」周靜嫻回答得很快，但這次，她的眼神閃爍了一下。

一瞬間，整個空間的氣氛驟然凝滯。

那是一個極為細微的表情變化，幾乎轉瞬即逝，但陳錚還是捕捉到了她的遲疑。他沒有拆穿，只是目光深沉地盯著她，像是在等待她補充點什麼。

但周靜嫻只是繃著肩，唇緊抿，沒有再多說一句話。

最後是江怡然打破沉默，語氣依舊保持著職業性的冷靜：

「如果妳想起來什麼細節,請隨時聯繫我們。」

周靜嫻低下頭,沒有回應。審訊室的燈光冷白,投下清晰的陰影,將她微顫的肩膀映得更加單薄。

江怡然朝陳錚使了一個眼色,示意今天的談話可以先到此為止。陳錚點了點頭,這才起身,拿起證物袋,轉身走出審訊室。

門輕輕關上時,他最後回頭看了一眼,發現周靜嫻依舊坐在原地,一動不動,雙手緊握著自己的衣袖,像是試圖讓自己保持鎮定。

「她有所隱瞞。」走出審訊室後,江怡然低聲說,語氣篤定。

「嗯。」陳錚的腳步沒有停,眉宇深鎖,「但我們還沒有找到確切證據,不能把她逼得太緊。」

他頓了頓,輕輕晃了晃手中的證物袋,「不管怎麼樣,這本日記一定要查清楚。」

「我會安排鑑識中心進行筆跡分析。」江怡然點頭,「還有死者的手機,技術部門應該能恢復數據。」

特別收錄 | 關於雨的另一種說法

　　「還不夠。」陳錚的步伐稍做停頓，若有所思地望向走廊盡頭，「她母親的說法不能完全相信，但如果這個『他』真的存在——我們要查清楚她身邊的所有人，特別是最近與她接觸最頻繁的人。」

　　江怡然靈光一閃，「周女士好像有提過，死者是有男朋友的。」

　　「沒錯。」陳錚收回目光，語氣不疾不徐，「通知他來做筆錄，越快越好。」

　　走廊裡的燈光明滅不定，牆面映出的影子被拉得極長，宛若一張看不見的網，正一點一點收緊。

　　審訊室裡，周靜嫻依舊坐在原位，像是一座被時間凍結的雕像。她的呼吸淩亂，手心溼冷，額角滲出薄汗。

　　冬陽橋下的河水仍舊沉靜無聲，而這樁案件的真實輪廓，才剛剛開始顯現。

04 ─────

　　審訊室裡，僅有一盞冷光燈，孤獨地懸掛在空中。
　　白色的牆面映著慘淡的光，陰影沿著牆角攀爬，如同沉默

的審判者，冷眼旁觀人類的罪與悔。
　　桌前的男人低著頭，雙手交握，指節泛白，手腕處勒出一道深紅色的壓痕。他的呼吸紊亂，身體微微前傾，彷彿脊骨隨時會被過於沉重的壓力壓垮。

　　「姓名？」江怡然翻開檔案夾，聲音冷漠無波，機械似的讀取著被審者的基本資料。
　　「徐清輿。」他的聲音有些乾澀沙啞，像是口中正咀嚼著碎玻璃。
　　「年齡？」
　　「二十五歲。」
　　「職業？」
　　「會計師。」

　　「林曦死前，給你打過電話。你是她最後的聯絡人。」陳錚將徐清輿的手機放在桌上，指尖輕敲著螢幕，「為什麼沒接？」
　　徐清輿的喉結滾動了一下，視線閃爍不定，彷彿不知道該怎麼開口。「⋯⋯我在加班，沒聽到。」
　　「加班？」陳錚不動聲色地翻開一張排班紀錄，「我們查

過,你的公司昨晚九點就關門了,門禁紀錄裡沒有你的名字。」

空氣變得滯重。

徐清與的手下意識地收緊,指甲深深嵌入掌心,額際沁出細密的冷汗。他低下頭,像是在思索對策,嘴唇微微顫抖,卻遲遲沒有再開口。

「我⋯⋯」他的聲音微弱,帶著幾分無力的掙扎,「我只是⋯⋯想一個人待著,不想接電話。」

「為什麼不想接?」江怡然眉梢微挑,目光尖銳如刀,「女朋友半夜打電話給你,這很反常吧?你一點都不擔心,也不覺得奇怪嗎?更何況,第二天她就死了。」

「不是的。」徐清與的指節收得更緊,他閉上眼,長長地吸了一口氣,似乎在努力壓下胸中翻騰的情緒,「我真的不知道她會⋯⋯」話語未盡,他的聲音已經顫抖得無法自制。

「徐先生,我們需要你告訴我們真相。你也不想要一直待在這裡吧?」陳錚適時開口,「畢竟根據林曦日記裡的內容來看,你非常有嫌疑。」

江怡然看著他的反應,決定先不再繼續逼迫他,而是換種

說法繼續問道:「你和林曦是怎麼認識的?你們平時是如何相處的?在你眼中,林曦是一個什麼樣的人?」

「我們是高中同學,後來讀了不同的大學,但是都在同一座城市裡。我們一直有聯繫,很順其自然地就在一起了,我們是彼此的初戀。」徐清與說起熟悉的往事,神色倒是放鬆了一些,語帶懷念地提起愛人:「林曦非常優秀,性格也開朗活潑,跟她在一起總是自在又愉快。認識這麼久,她也像是我的家人一樣的存在了。」

徐清與的說辭與周靜嫻的說法,彷彿從同一譯本中複製出來,基本上沒有任何區別。而兩者的語氣中,透露著一種冷漠的共識——彷彿在所有人眼裡,林曦就是如此明媚而燦爛的存在,可這條鮮活的生命卻又突兀地殞落。

那麼,究竟誰才是那個兇手?

陳錚與江怡然對視了一眼,眼神中交織著難以名狀的疑慮與不安。心底都有種隱隱的違和感,像是某個不曾被揭開的謎題,顯現出無法言喻的錯亂。

「你知道林曦有寫日記的習慣嗎?」這句話如同一顆落入深潭的石子,激起沉默的漣漪。

特別收錄｜關於雨的另一種說法

　　作為林曦最親密的伴侶，徐清與卻是頓住了，眼神帶著一絲遲疑與困惑。「她⋯⋯有在寫日記？」顯然他完全不知道這回事。

　　「她在日記裡，寫了很多關於你的事。」江怡然翻動著筆記本，指腹輕輕劃過那些字跡凌亂的紙頁，恍如正在觸摸林曦遺留的靈魂碎片。「你猜，她寫了什麼？」

　　徐清與沒有說話，卻下意識地屏住了呼吸。

　　「她說──」江怡然的聲音輕緩，如同一把細長冰冷的刀刃緩緩劃開他的皮膚，「『自從復合之後，他說我變了，我也發現了。我好像變得不再像自己了，變得多疑又敏感，有時候都覺得自己像是個瘋子，總是疑神疑鬼的。可是他不能理解，只說這樣的我沒有人會喜歡。但我該怎麼辦呢？』」

　　死一般的沉默席捲整個審訊室。

　　徐清與的瞳孔微微收縮，呼吸開始變得急促起來。他的眼眶泛紅，額際滲出冷汗，整個人彷彿被無形的枷鎖束縛，無法動彈。

　　「她還寫了──」陳錚接過日記，語氣低沉，「『為什麼我們之間會變成這樣呢？明明曾經的我們是如此幸福。我依然

愛他，可是我好像也沒有辦法再繼續騙自己了，一切早已回不去。我終於意識到，我因為想要被他肯定地愛著而承受了太多的傷害。』」這段內容被透明膠帶反覆黏貼又撕開，紙面留下蜈蚣般的傷痕。

徐清與的肩膀微微顫抖，彷彿就快要承受不住某種龐大而無法言喻的痛苦。

「你傷害過她？」陳錚的聲音平靜無波，眼神卻銳利如鷹，直指他心底最黑暗的角落。「你做了什麼，讓她寫下這些？」

徐清與的嘴脣顫抖，如同有千言萬語哽在喉嚨裡，最終卻只是低聲道：「……是我對不起她。」他的聲音微弱得幾乎聽不見，語調裡的懊悔與壓抑宛若一道撕裂的傷口。

「對不起？為什麼對不起？」陳錚沒有為他的痛苦而動容，「你對她做了什麼？」

徐清與雙手緊緊抱住頭，指節深陷髮絲，額頭緊貼著桌面，彷彿在試圖逃離某種無形的深淵。「我真的……真的對不起她。但我沒有殺她，我沒有！」

江怡然目不轉睛地盯著他，「那麼，為什麼她會在死前的

特別收錄｜關於雨的另一種說法

最後一刻，選擇撥通你的電話？你又為什麼不接電話？」

「因為她愛我！」徐清與俀地抬起頭，幾乎是嘶吼出聲：「因為她始終放不下我！」

過了幾秒，他緩緩低下頭，身體因壓抑的情緒微微顫抖。他的聲音變得微弱而沙啞，宛如撕裂的絃線：「⋯⋯我知道，她還愛我，我也愛她啊，可是⋯⋯可是我⋯⋯」

他再也無法繼續說下去，彷彿有什麼將他的喉嚨扼住，讓他無法發出聲音。

陳錚看著他，眼神漠然，「所以，她是因為你死的嗎？」

「不、不是⋯⋯」徐清與的聲音顫抖得幾乎要碎裂：「我不知道⋯⋯」

「你當晚在哪裡？」陳錚再次開口，語氣銳利，「不在公司，那你在哪裡？」

徐清與的嘴脣張合了幾次，卻始終無法發出聲音，整個人猶如被困在無法逃脫的漩渦之中。「我⋯⋯」他不敢說出口。

陳錚靜靜地看著他，沒有催促，卻讓審訊室的空氣越發沉重。

這一刻，他的沉默，便是最可疑的答案。

05———

「遇見他真好。原來愛情這麼美好。如果能永遠和他在一起最好。」

徐清與想，自己無疑是愛林曦的。

她曾是他死水般的生活中最濃烈的一抹紅，明媚又鮮豔，好像永遠不會褪色那樣生機蓬勃，灼得人眼眶發疼。尤其在她死去之後，那道鏽色就從此滲進骨縫裡，每當夜深人靜便隱隱作痛，痛得他輾轉難眠。

他仍記得那年盛夏，圖書館的冷氣將陽光凍結成琉璃碎片，再被厚重的書架切割成斑駁的碎影。林曦穿著一襲白色長裙，伏在桌上，長髮垂落，隨著她細微的動作輕輕搖晃。她的手裡轉著一支鉛筆，鉛筆沙沙劃過紙面，如同蜘蛛編織著網，整個人彷彿隨時會融化在過曝的光暈裡。

「你看，我們像不像永恆？」她將畫紙推過來，筆觸細膩

得近乎殘忍,連他袖口磨損的線頭都被勾勒成詩句,而畫中兩人依偎的影子宛若被困在琥珀裡的標本。

　　林曦對著他笑,彎起的眼裡帶著幾分得意:「等我們老了,再把這些畫翻回來看,一定會覺得很浪漫。」

　　「哪怕我們什麼事也不做,哪怕我們什麼話都不說,只要和他待在一起,我就覺得幸福。我想我可以相信,永恆因愛而正在發生。」

　　徐清與當時只是笑,沒有回答。
　　但是他從來沒有想過,所謂的「老了」竟會成為遙不可及的事。
　　他們再也沒有等到那一天。

　　審訊室的燈管嗡嗡作響,在鐵灰色桌面投下慘白的冷光。林曦的日記攤開著,某幾頁的字跡像是被暴雨沖刷過的蟬翼,支離破碎地黏在紙上。

　　「他說我們重新來過,我有一瞬間的欣喜,卻也有短暫的茫然與困惑。我很愛他,但是這份愛似乎開始變得扭曲。到底

是哪裡出了差錯呢？怎麼做才是最好的呢？我又為什麼會變成這樣？為什麼我會變成自己曾經最為厭惡的模樣。有太多太多疑問了，可是我已經不知道應該質問誰。我們真的還能重新來過嗎？」

徐清與的指尖撫過「重新來過」這四個字，恍惚間，似乎能看見當時林曦深夜伏案的背影。檯燈將她的影子殘忍地釘在牆上，隨字跡的顫抖扭曲成掙扎的蛾——她是抱持什麼樣的心情寫下這些的呢？徐清與不忍細想，怕自己陷入更深的悔恨與愧疚當中。

她曾死死攥著他的手腕，指甲掐進皮肉，宛若一個即將溺水的人死死抱住浮木：「我們還是會和從前一樣，對不對？」
他點頭予以承諾，吻她顫動的眼睫，卻在鏡中瞥見自己嘴角僵硬的弧度。多可笑，就連他都無法信任自己，可是為了留住林曦，他必須讓她繼續相信自己。謊言像黴菌在暗處滋長，他聞得到腐敗的氣息，卻任由它啃食她的信任。

後來，林曦經常在午夜驚醒，溼漉漉的眼睛映著手機螢幕的幽藍，「這通未接來電是誰？」

最初,他耐心地一遍遍撫平她的焦躁與不安,將她攬進懷裡,掌心貼著她單薄的脊骨——那裡有蝴蝶骨在輕輕振翅,彷彿隨時要掙破皮膚飛走。

但時間久了,他開始厭倦,開始感覺窒息。她的猜忌如同蔓生的荊棘,一寸寸地收緊,纏繞住他的自由,讓他透不過氣來。

直到某個雨夜,她終於等到他回家,卻眼尖地看見他臉頰上一抹極淡的唇印,還有那不屬於她的香水味。雨水順著窗縫蜿蜒而下,在她蒼白的臉上投下濃重的陰影,「又是她嗎?」

「妳又在胡言亂語什麼?我很累,我不想跟妳吵架。」他不明白她的意思,只是煩躁地扯開領帶,金屬扣撞擊地板的聲響像子彈上膛,「林曦,我們不是說好翻篇了嗎?為什麼妳還要一直這樣?」

「因為你還在騙我啊。」她低聲吐出這句話,但是徐清與並沒有聽清,只是看見她忽然笑了,笑聲混著雨聲碎落一地,「你看,我們連互相憎恨的樣子都這麼般配。」

死亡當晚的訊息還躺在他手機裡。

「你下班了嗎?」

副駕駛座上的女孩正咬著他的領帶扣嬌笑，香水味甜膩如腐果，混著車內皮革的腥膻。他快速回覆「加班」，後視鏡裡自己的眼睛像兩口枯井。

　　那個「好」字跳出來時，他莫名想起林曦畫畫時的模樣──筆尖懸在紙上久久不落，彷彿在等待某個永遠不會降臨的救贖。

　　而半夜她打來的那通電話，他也沒有接聽。
　　徐清與不知道林曦最後一次撥打他的電話時，心裡到底想說什麼。她是想求助？還是想聽聽他的聲音？抑或，她只是想要一個答案？可惜，他沒接。
　　現在她死了。
　　當他終於想起要回撥過去的時候，電話那頭，已經再也沒有人會接起。

　　審訊室的冷光燈在金屬桌面上凝結成一片霜，徐清與的影子蜷縮在牆角，如同一條被剝皮的蛇。他回憶裡的林曦依舊鮮活──笑起來時，眼睛裡有星星；趴在桌上畫畫時，筆尖沙沙地劃過紙面，像是雨落進湖裡，激起陣陣漣漪。
　　他曾經厭煩她的敏感與歇斯底里，可是如今，他想起的全是她最鮮活的模樣。

All The Rain Becomes My Tears

特別收錄｜關於雨的另一種說法

「原來我根本原諒不了他，也原諒不了自己。」
「我後悔了。多希望我們從未認識過。」

陳錚合上日記，泛黃紙頁間飄落一片乾枯的銀杏。葉脈上歪斜寫著「生日快樂」，紅墨水已褪成血痂的顏色。

隨之掉落的還有一張照片。林曦在銀杏樹下回頭淺笑，身後樹影裡藏著半張模糊的臉——這張照片還是他幫她拍的。

「他說銀杏葉很漂亮，像我的笑容。這是他第一次陪我一起過生日，我感覺自己是世界上最幸福的人。希望接下來每一年的生日，我們都能陪伴彼此度過。」
「今天我們去了銀杏大道，他說秋天是最美的季節，我們也是秋天認識的。我偷偷許願，希望我們能一直這樣走下去。」

徐清與盯著那片銀杏和那張照片，似乎能聽見記憶深處的碎裂聲。

是林曦摔碎咖啡杯的那天？還是她剪碎所有畫作的那晚？又或許，是此刻自己靈魂某處悄然崩落而揚起的灰。

在窒息前的幻覺裡，他彷彿看見了冬陽橋下的河水流淌著

金黃的銀杏葉,每一片都寫著「生日快樂」,字跡被泡腫成她最後的笑容。

「晴也送我的生日禮物是一款叫『潮聲』的香水,她說適合假裝幸福的人。她是對的,我連假裝都開始感到吃力。」
「我真的好累了。」

這時,審訊室的門開了,趙言嘉走了進來,手裡拿著一份資料,聲音沉穩:「陳隊,傅晴也到了。」

陳錚點頭,接著轉頭看向徐清與,「徐先生,今天就到此為止了,之後我們會再聯繫你。」

「好。」徐清與垂下眼,指尖無意識地收緊。

他自然認識傅晴也——作為林曦生前最好的朋友,她又會說出什麼?

06

鎢絲燈管在金屬燈罩內發出垂死的蜂鳴,傅晴也的側臉被切割成明暗交錯的碎片。牆上的時鐘滴答作響,每一次擺動,時間就被剁碎一點點。

特別收錄｜關於雨的另一種說法

　　她靜靜地坐著等待，雙手交疊在腿上，姿態端正得近乎刻意，彷彿只要維持這份平衡，就能掩蓋內心翻湧的暗潮。
　　她的影子像團瀝青黏在審訊室地磚上，邊緣不斷滴落著虛化的黑漬。這讓她想起林曦公寓裡那幅未完成的油畫，畫布右下角總留著永遠乾不透的赭石色淚痕。

　　「顏料怎麼都乾不了，總是會暈開。顏料和水的比例明明是對的⋯⋯還是我又手抖了？晴也說我畫畫的風格似乎變得和過去不同了，可是我畫的就是自己的生活啊。所以，究竟是哪裡出錯了呢？」

　　陳錚推開門時帶進一縷走廊的穿堂風，鐵鏽味的空氣掀起檔案冊頁角。
　　「我們想跟妳了解一些事情。」陳錚在傅晴也對面坐下，翻開手上的文件，語氣冷靜：「畢竟，妳是林曦生前最好的朋友，不是嗎？」
　　傅晴也抬眼，語調輕淡：「是啊，我們認識很多年了，從高中開始，一直到現在。」她的嘴角微微上揚，但那抹笑意轉瞬即逝，像枯萎的葉子，在空氣中打了個旋以後，便無聲墜落。

「她的事⋯⋯我也很震驚。」

「震驚？」陳錚重複了一遍，像是在咀嚼這個詞的重量，「妳們那麼親近，她有沒有和妳說過什麼奇怪的話？或者說，向妳吐露過她的痛苦？」

傅晴也沉默片刻，似乎不理解陳錚的意思，反問道：「怎麼樣才算奇怪？她在所有人眼裡都很完美、優秀，她有什麼好不快樂的？」

「不過，她倒是有說過自己快撐不下去了，覺得自己沒辦法繼續這樣生活下去。」傅晴也輕輕嘆息，語帶無奈：「可是說真的，她一直都是這樣，愛鑽牛角尖，好像覺得全世界都對不起她似的，總是向我抱怨，這樣誰受得了？我也開導過她好幾次了，可她依然如此，我又能怎麼辦？畢竟，誰的生活沒有一點煩惱呢？」

這句話聽起來像是一種漫不經心的關懷，可是在場的人都聽出了其中的冷漠。

那聲嘆息落地，宛如一片冰冷的灰燼。

「我其實知道晴也的意思，她覺得我太多愁善感，也覺得

特別收錄｜關於雨的另一種說法

我不知足。是啊，如果一切都好，我憑什麼不開心呢？但我不知道該怎麼解釋自己的痛苦與悲傷，我只是希望有人能聽我說話而已。有時候，我甚至不知道自己為什麼痛苦，只感覺自己就是一個巨大的黑洞，沒有人能拯救我，我也拯救不了自己。」

聞言，江怡然和陳錚交換了一個眼神。

這是他們第一次聽到對林曦截然不同的描述，與周靜嫻與徐清與口中的形象大相逕庭。但是他們都下意識地相信了傅晴也說的這段話才更接近真相——他們心裡早已隱隱有了答案。

「所以，妳覺得她的問題，純粹是因為她自己想太多？」

傅晴也的指尖在膝蓋上摩挲了一下，像是在斟酌什麼，驀地笑出聲，露出虎牙尖端的細微缺口，「我不是這個意思。」她背靠著椅背，不疾不徐道：「我只是覺得，如果她能換個角度看事情，或許一切就不會變成這樣了。」

「換個角度？」江怡然開口問道，語氣裡帶著刻意的試探，「那妳覺得，她應該怎麼做？」

「比如說，不要老是把所有事情都怪到別人身上？」傅晴也抬起眼，嘴角勾起一絲模糊不清的笑意。

「妳覺得她在怪誰？」陳錚問。

傅晴也的背脊微微繃緊，卻仍抱持著從容的姿態，「沒有啊，我只是隨便說說。我只是覺得，她對徐清與太執著了。」

「執著？」

「對啊。」傅晴也刻意地嘆了口氣，語氣裡透著一絲若有似無的諷刺，「她一直很愛他，甚至有點⋯⋯控制欲太強？這份逐漸變得扭曲又偏執的愛，已經讓她徹底失去了理智。」

這句話，聽起來像是在為好友感到惋惜，但語氣裡卻帶著一種難以忽視的快意——那種壓抑許久的快意，像是她一直在等待這一刻，等到林曦終於明白：無論她多麼出色，終究也無法避免被拋棄，她不可能永遠完美，終究也會成為所謂失敗者的註腳。

「妳是不是一直都很嫉妒她？」江怡然忽然這樣問，宛如一把薄刃，精準且毫無預警地刺進皮肉。

傅晴也的指尖僵了一下，笑意凝固在脣邊，然後她輕輕搖頭，「這是什麼問題？」

「我們只是想了解妳的想法。」江怡然緩緩道，「妳曾經

特別收錄｜關於雨的另一種說法

喜歡過徐清與，對吧？」

　　這句話如同一道暗箭，直直刺進傅晴也的神經。

　　她的笑意淡去了一瞬，然後迅速恢復冷靜，「這和現在的事沒有任何關係。」

　　「真的沒關係嗎？」江怡然慢條斯理地說，「妳和林曦曾經都喜歡徐清與，但他最終跟林曦在一起了。妳嫉妒過，甚至怨恨過，但妳從來沒有真正把這些情緒說出口，對嗎？」

　　傅晴也的指甲緊扣著掌心，瞳孔猛地收縮成針尖，「我早就提供了不在場證明，我沒有殺害她……你們是想以這個理由把她的死怪到我頭上嗎？」

　　「沒人這麼說，況且我們尚未確定林曦是自殺還是他殺。」陳錚語氣平淡，眼神卻銳利得像是能剖開一切謊言，「我們只是覺得，妳的態度很有趣。」

　　傅晴也的舌尖緩緩舔過下脣結痂的裂口，鐵鏽味在齒間漫開，「我承認，我曾經喜歡過徐清與。但那已經是很久以前的事了。而且……就算我曾經嫉妒林曦，也不代表我希望她死，畢竟她也是我這麼多年以來的好朋友。」

「真的好幸運啊！我和晴也竟然考上了同一所大學，這讓我對即將開始的大學生活感到更加期待。希望未來哪怕踏入社會了之後，我們還能像現在這樣，一直保持聯繫。我們約定好了每年夏天都要一起去看海。」

江怡然微微偏頭，審視地看著她，「可是，妳真的有把林曦當作朋友嗎？」

空氣裡浮動著防腐劑的甜腥。

傅晴也脖頸靜脈突跳的節奏，與隔壁囚室傳來的咳嗽聲逐漸同步。審訊室內靜得彷彿連呼吸聲都被吞噬，牆上的時鐘依舊滴答作響，將她的沉默切割得四分五裂。

「我只是覺得⋯⋯她一直活得太用力了。」傅晴也低聲道，卻不是在回答問題，更像是在對自己解釋，「她什麼都要做到最好，什麼都要贏，連愛情也是。這樣活著，太累了。」

她的語氣裡，透著一絲疲憊的惋惜。但陳錚與江怡然都聽得出來，那不是哀傷，而是某種說不清的解脫感。

「妳覺得她是自殺，是嗎？」陳錚不動聲色地合上資料夾，視線落在她身上，「妳覺得她最後會走到這一步，是因為她自

特別收錄｜關於雨的另一種說法

己活得太累了？」

　　傅晴也沒有回答。她只是低著頭，指尖在桌面上輕輕摩挲，像是在擦掉某種不存在的灰塵。然而，她不知道的是，有些東西，無論如何也擦不掉。

07——

　　我曾經試著當一個好女兒。
　　媽媽總是告訴我，我是她的驕傲。

　　「曦曦，妳知道嗎？妳跟其他孩子不一樣，妳是最完美的。」
　　「媽媽這麼辛苦，都是為了給妳最好的未來，妳一定要爭氣，別讓媽媽丟臉。」
　　「妳很聰明，比別的孩子都優秀，所以妳不能讓媽媽失望。」
　　「如果別人的孩子能做到，妳就一定也能做到，甚至要更好。」
　　「媽媽都是為了妳好。」
　　這些話，我從小聽到大，如同一場反覆播放的催眠，也像

是被刻進骨骼的詛咒。她的聲音永遠溫柔，卻帶著不容置疑的重量，如同一塊冰冷的石碑，壓在我的胸口，讓我無法呼吸。

　　我曾經相信，媽媽所做的一切都是為了我好。
　　她的每一句叮嚀，每一個眼神，都是愛的證明。
　　尤其在爸爸離開後，我看著她獨自撐起這個家，看著她在深夜裡疲憊的背影，我知道她有多辛苦。我不想讓她失望，更不想成為她的負擔。

　　我一直告訴自己，媽媽是愛我的。
　　於是，我開始逼迫自己變得優秀。

　　我努力學習，考試一定要拿第一，作業不能出錯，字跡要端正，連答案的格式都要完美無瑕。但凡稍有一點失誤，媽媽就會皺起眉，瞳孔擴散成顯微鏡的黑色鏡筒，「怎麼這麼粗心？這種低級錯誤也會犯？」
　　她在凌晨三點解剖我的錯題本，紙頁間夾著乾枯的花瓣，像被壓扁的蝴蝶標本。檯燈的白光將她的影子烙在天花板上，化作某種刑具的輪廓。

特別收錄｜關於雨的另一種說法

　　如果退步了一名，媽媽不會罵我，但她會沉默很久，然後輕描淡寫地說：「別人都能進步，妳為什麼不能？」
　　比起直接的責罵，這種冷漠的失望更令我害怕。那是一種溫柔又殘忍的否定，宛如一片漆黑的深淵，吞噬掉我所有的自信與勇氣，讓我逐漸麻木，也使我的靈魂千瘡百孔。

　　我開始變得焦慮。
　　害怕犯錯，害怕自己不夠優秀，害怕讓媽媽失望，害怕自己變得「不完美」。不允許自己有一絲鬆懈，不論是成績、舉止，還是表情或情緒，都必須無可挑剔。

　　不知道從什麼時候開始，「完美」變成了一種枷鎖，而我像被困在牢籠裡的囚犯，連呼吸都小心翼翼。我活得像一個精密的機器，沒有溫度，也沒有情感，只有無盡的計算與控制——他人看見的我，都不是真的我。

　　青春期的梅雨季，我的皮膚開始滲出鉛灰色的鏽。
　　升學那年，我曾在補習班旁的防火巷裡嘔吐。嘔吐物裡混著血絲，把雪地染成廉價草莓醬的顏色。手機螢幕亮著媽媽的新訊息：「保送名單裡為什麼沒有妳？」

我手裡還抓著藥片，忽然想起小學寫過被老師稱讚的造句：「媽媽的笑臉是月亮，可惜我永遠觸碰不到。」

　　母親的愛宛若一場無休止的手術，將我的靈魂一片片切開，重新組合成她想要的模樣。我的夢想被剝離，我的情感被壓抑，我的自我被抹殺。我成了一具空殼，裝滿了她的期望與要求。她的愛之於我來說，是一種占有，一種控制，一種毀滅。

　　我開始感到疑惑，媽媽真的愛我嗎？
　　那為什麼，她的愛會讓我覺得痛苦？

　　現在我依然每天替她拔白頭髮。當她抱怨新長出的銀絲時，我正數著自己掉落在地板上的髮量。我們宛如兩株糾纏生長的曇花，她在日光下綻放我背光的瓣，卻從未發現土壤裡早已積滿腐爛的根鬚。

　　隨著時間流逝，她逐漸變老，我卻枯萎得更快。
　　有時，我會盯著她眼角的皺紋出神，那些細紋裡藏著我所有被剪斷的指甲、被撕毀的課外書、被刪除的社群帳號，還有那些來不及說出口的「不」。

特別收錄｜關於雨的另一種說法

　　我依然愛我的母親。即使她的愛讓我窒息，我仍舊無法恨她。

　　只是，我已經不再愛自己了。

　　可是這沒關係，因為這世上還是有人愛我。

　　我有愛人，徐清與愛我，而他的愛和母親的愛截然不同，卻又如此相似。

　　和徐清與在一起的時候，我確實快樂過，我是如此真切地感受過幸福。

　　他說我溫柔、善解人意，說我是特別的、獨一無二的，我比誰都要了解他。他的話語是一道溫柔的枷鎖，牢牢地鎖住了我的殘缺與崩壞。

　　而當他看著我時，他眼裡的光亮與依戀讓我產生一種錯覺──彷彿我是值得被愛的。

　　我渴望他的愛。

　　他愛我，愛得那麼真摯又熱烈，讓我一度以為自己終於找到了救贖。他的愛就是一劑止痛藥，暫時麻痺了我內心的傷口。

我貪婪地汲取他的溫暖，如同沙漠中的旅人渴望綠洲。

但徐清與並不知道，「完美」從來不是我的天賦，而是母親加諸於我的詛咒。

他愛上的，真的只是「我」嗎？還是那個完美優秀、從來不會出錯的林曦？

我沒有去深想這個問題，直到他將目光分給了別人。

當徐清與回來的時候，我選擇了原諒。

他的道歉如糖衣，包裹著苦澀的真相，他說：「是我鬼迷心竅，我愛的是妳才對。」他從身後環抱我，掌心貼著我刻意收緊的小腹。

我數著他腕錶的滴答聲，想起過去，媽媽總在凌晨三點檢查我的模擬考卷，秒針跳動與紅筆劃紙的沙沙聲原來如此相似。

他說的那句話宛如一把雙刃劍，既安撫了我，又刺痛了我。

如果愛的是我，那為什麼會愛上別人？又為什麼要傷害我呢？哪怕知道我會為此傷心。

而我知道，哪怕他回頭，一切已然不一樣了。

當裂縫出現，縫補的地方就會永遠留下痕跡，何況是如此拙劣的手法。

我開始變得神經質，也變得更加敏感。他睡覺時翻身，我會驚醒；他訊息回得慢，我會胡思亂想。我一遍遍回憶他出軌前說過的話，試圖從中找到蛛絲馬跡。

他說「妳和別人不一樣」的語氣，像極了母親撫摸獎狀時的呢喃。那些被剪斷的指甲和被撕毀的畫紙，原來從未消失，只是化作新的傷口藏在更深的皮下。

某天夜半，他翻身壓到我長髮的瞬間，我本能地蜷縮成胎兒姿勢，我不再感到安全。月光透過窗櫺在白牆投下詭影，母親的白髮與我的落髮在幻影裡絞成吊索。

意識模糊間，我感覺到徐清與重新將我抱進他的懷裡，在夢囈中說了「我愛妳」。可是我再也無法篤定，這句話的受詞，究竟是不是我。

母親的愛讓我無法呼吸，徐清與的愛讓我無法信任。

我開始懷疑，這世上是否真的存在所謂無條件的愛？還是說，愛本身就是一種詛咒，讓人甘願被束縛，還甘願被傷害。

傅晴也卻告訴我,愛從來不是多麼崇高的東西。

我仍記得,她說這話時正在剝薄荷糖的鋁箔紙,咖啡廳的暖氣烘出她袖口的樟腦味。我盯著陽光穿透她髮絲,在桌面投下柵欄狀的陰影,微塵在光束裡懸浮,像極了母親撕碎我考卷時飛散的紙屑。

她咬碎嘴裡的薄荷糖,聲音很輕:「愛這種東西,說到底不過是一場交換。妳有價值,別人才會愛妳,這不就是現實嗎?」接著,她翻開《包法利夫人》,停在艾瑪服毒的那頁,宛如正在注視某種命運的必然。

「如果愛真的有用,妳現在怎麼還是這麼痛苦?」
傅晴也的手指輕輕劃過書頁,指甲油在陽光下反光,刺得我眼睛發痠。「愛妳的人那麼多,結果呢?妳還不是活成這副鬼樣子。」

這讓我忽然想起媽媽曾經說過的話──「別人家的孩子能做到,妳一定也能做到,甚至要更好。」
為了被愛,我拚了命想成為所有人眼中那個「更好」的人。

可是如果沒有愛，我又該怎麼辦呢？

「所以，妳說妳痛苦的時候有沒有想過，也許妳只是想太多了？生活不都是這樣嗎？」她把店員給的集點卡對折，折痕正好壓在書籤上，「而且，妳哪裡有理由不幸福呢？」

我知道說什麼都沒有用，傅晴也不懂，因為她不想懂。誠實在這一刻是如此廉價且無用的美德。傅晴也不會用惡毒的語言傷害人，也不會直接嘲笑誰的軟弱，但她的冷漠本身就是一種殘忍。

我低下頭，發現自己袖口的鈕扣不知何時鬆脫了，線頭垂落像手術縫線的末端。

傅晴也從帆布包裡掏出針線包——那是我高中時送她的，每根針都插在我當年得獎的作文影本上。

「要補嗎？」她捻起白線對準陽光，「不過破了就是破了，縫起來也只是多道疤。」窗外的懸鈴木影子爬上她半邊臉，讓那抹笑看起來如同裂開的陶瓷面具。

她用那種像是在陳述天氣預報的口吻說出「隨著時間過去，人總會好的」這句話的時候，店員正端著餐盤從我們旁邊經過，

鞋子踩過地磚縫的聲音蓋住了我的啜泣，她伸手把我顫抖的肩膀按進光影交界的地方。

「別弄溼書。」她抽走我壓著的精裝本，封皮上的淚漬很快乾了，留下一層鹽霜。冰美式杯壁的水珠滑落，在桌面匯成小小的海，漂著我們破碎的倒影。

傅晴也並不知道，有些人根本等不到那一天。
就像曾經的我，總以為自己能等到好起來的時候。
可是眼淚也只是小小的海，裝不下我一生的苦痛與心傷。

08 ———

陳錚將案件報告放到桌面，冷白燈管在紙面泛著屍檢室般的青灰。雨滴拍打窗戶的聲音宛若某種倒計時，周靜嫻的珍珠耳環在顫抖中折射出細碎光斑。

「結案了，」陳錚的指節敲在報告角落那枚紅色的鋼印上，「林曦是自殺。」他說得輕，卻震碎了空氣裡最後一絲僥倖。

周靜嫻的指尖蜷緊，指甲深深陷入掌心。
「不可能。」她從牙縫擠出這三個字，音節生硬，彷彿當

年那樣，糾正著林曦作業本上的錯題，「這一定是搞錯了。」

「我的女兒這麼優秀，感情和事業上都沒有多大的問題，大家都羨慕著她。她過得也很好啊，怎麼可能會自殺？」她的聲音聽起來像是嘲弄，卻不是對林曦，而是對這場荒誕的結論。「她不可能那麼脆弱。」

陳錚等人心裡再明白不過，周靜嫻不是不懂，只是不願意承認。

如果承認了，就意味著她必須接受——那個她用所有心血塑造出的「完美」女兒，最後卻選擇用這種「不完美」的方式結束自己的人生。

這對她而言，不只是荒謬，甚至像是某種笑話，一種對她「成功教育」的諷刺，一個不該存在的人生汙點。

「她怎麼可能會這麼做？」周靜嫻的聲音陡然拔高，像是在質問誰，「她從小到大有什麼是做不好的？有什麼是撐不過去的？她一向是最優秀的——」

「我女兒是一個非常完美的人，她肯定不會選擇自殺。」這句話，她說得斬釘截鐵，甚至帶著一種難以動搖的執念。

然後，她忽然站起身，動作俐落，像是再多待一秒就會被

這場談話吞噬。「我還有事，先走了。」

　　房門關上的瞬間，徐清與低下頭，揉了揉鼻梁，像是在壓抑一場突如其來的頭痛。

　　他盯著自己映在鋁合金桌面的臉，喉結上下滾動：「曦曦最近是有些敏感⋯⋯但我以為她重新振作起來了。」

　　他從西裝內袋掏出揉皺的電影票根，日期停在林曦死亡的前三天，「你看，她還約我看《情書》重映——想死的人會這樣嗎？」票根邊緣沾著一抹櫻桃色的唇印，在冷氣中散發著廉價的花果香。

　　他卻沒有說，那晚他臨時爽約，來自林曦的十二通未接來電還躺在手機的通話紀錄裡。他甚至沒有回撥過去，彷彿下意識地覺得沒關係，認定林曦一定會等著他的。

　　那抹櫻桃色的唇印在他的指腹下被碾得模糊，宛如林曦日記裡暈開的淚痕。

　　「其實並不意外，不是嗎？」傅晴也開口，語氣裡沒有驚訝，甚至沒有多餘的情緒，口吻冷漠得如同當時向林曦說出「隨著時間過去，人總會好的」一樣。

她沒有哭,沒有愧疚,甚至沒有一絲惋惜。她只是端正地坐著,套裝的肩線卻頹靡得像醃菜。

　　在傅晴也看來,林曦一直都是「活得很好」的那種人。她從小到大都是最優秀的,成績永遠名列前茅,談吐得體,光鮮亮麗,站在人群裡就是焦點。
　　林曦擁有自己一直無法擁有的東西,光是活著,就像是一種勝利。

　　所以,這樣的人,有什麼理由不幸福?
　　直到現在,傅晴也仍然想不明白,也不打算去想。
　　現在她已經死了——像林曦這麼完美的人,或許連死亡都是一場精采的表演,對吧?

　　沒有人再去翻動桌上那份結案報告,白紙黑字記錄下死亡的細節,在所有林曦曾經愛過的人們面前,卻像是一則無關痛癢的新聞報導。
　　他們沒有探究她說過什麼、做過什麼、掙扎過什麼,他們只是圍坐在這裡,面對一場冷冰冰的「結論」,對著一個再無法開口的死者,做出各自的理解。

林曦的結局被寫下了,但沒有人真正讀懂。
　所有痛楚都將沉澱成尋常生活裡的刺點。

　於是也沒有人看見,結案報告裡提到林曦日記內容的那頁底下的空白處,陳錚用鉛筆寫了又**擦**的痕跡依稀可辨:「林曦死於自殺,但所有嫌疑人都是兇手。」
　——他們合謀了一場雪崩。
　那句話最終將被徹底抹去,凝固成檔案室鐵櫃裡的新一枚標準化鋼印。

09 ———

我死後,得到的愛會更多嗎?

※ 內文中刑偵部分僅供參考,如不符現實敬請見諒。

後記
雨停之前

　　首先,我想和讀到這裡的你說聲對不起,因為這絕對不是一本讀了會讓人感到開心與幸福的書。你可以先深吸一口氣,再緩緩吐出,像我一樣,在每一個窒息的段落之間尋找換氣的機會。像活著一樣。

　　這兩年來,我處於自我主體性與自我認知反覆崩解與重塑的過程之中。
　　最初,我以為與自己達成和解是一件相當容易的事情。可事實上,我甚至無從清算起自己內心的混亂,就像試圖在黑暗中理清一團打結的毛線那樣困難。

　　而這本書就是在這段破碎的時間裡完成的。
　　熟悉我的讀者可能會敏感地發現,一直以來我都很少寫關

於自己。曾經以為是難以啟齒，後來發覺，或許是因為我從未真正了解過自己，所以在隨機拿起一塊拼圖時，都不知道應該往哪裡放。

儘管我一點都不擅長表達悲傷與痛苦，但仍想著，若是能透過書寫來梳理我所有的掙扎、來平息我心裡的海嘯，這或許將會成為我重新了解自己的方式。

悲哀的是，我仍然有不願意承認與接受的那部分自己，甚至偶爾還會為自己所產生的情緒感到羞恥。因此，我常常想和自己道歉。

我最對不起的是我自己。對不起我讓自己這麼委屈。

其實這個過程並不愉快，或者可以說是殘忍的，我的痛苦沒有因此而減少半分，我也沒有因此而成為更加強大的人，生活沒有變得明朗。

了解自己透徹了嗎？似乎還沒有；有如世人定義的那般不幸嗎？可能也不算。對他人來說不值一提的我的痛苦，卻是我身上無法擺脫的巨大黑洞。

可是我知道，無論如何，還是需要這樣一個過程，如同在

記憶的碎片裡不斷翻找新的自我，再一片片拼湊出完整的靈魂。
　　是的，可以不原諒任何人，但仍要試著與自己和解啊。

　　一開始，我天真地想，一本書的篇幅應該已經足夠我從混亂走向平靜甚至釋然。可我還是經常像鬼打牆一樣在原地打轉，情緒一再淹過我的眼眶，偶爾的晴朗根本晾不乾我過於漫長的雨季。

　　誠實地說，直到現在，我還是沒有好起來。但是我已經願意承認自己還沒有好起來，也不確定哪一天會真正好起來。我慢慢學會不再逃避、不再責怪自己，也學會把「還沒好起來」當作一種狀態，而不是一種錯誤。

　　這本書或許不能給你出口，但能陪你一起站在雨裡。
　　在無數的擁有與失去之中，我們都已經是足夠勇敢的倖存者。

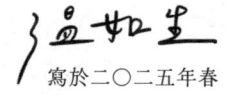

溫如生
寫於二〇二五年春

國家圖書館出版品預行編目資料

當所有雨都下進眼睛裡／溫如生 著. -- 初版. -- 臺北市：皇冠, 2025. 06
272 面；21×14.8 公分. （皇冠叢書；第5229種）
（溫如生作品集；5）
ISBN 978-957-33-4295-3 (平裝)

863.55　　　　　　　　　　　　　114006043

皇冠叢書第5229種
溫如生作品集 5
當所有雨都下進眼睛裡

作　　　者—溫如生
發 行 人—平　雲
出 版 發 行—皇冠文化出版有限公司
　　　　　　臺北市敦化北路120巷50號
　　　　　　電話◎02-27168888
　　　　　　郵撥帳號◎15261516號
　　　　　　皇冠出版社(香港)有限公司
　　　　　　香港銅鑼灣道180號百樂商業中心
　　　　　　19字樓1903室
　　　　　　電話◎2529-1778　傳真◎2527-0904

總 編 輯—許婷婷
責任主編—蔡承歡
美術設計—吳佳璘、李偉涵
行銷企劃—蕭采芹
著作完成日期—2025年4月
初版一刷日期—2025年6月

法律顧問—王惠光律師
有著作權‧翻印必究
如有破損或裝訂錯誤，請寄回本社更換
讀者服務傳真專線◎02-27150507
電腦編號◎589005
ISBN◎978-957-33-4295-3
Printed in Taiwan
本書定價◎新臺幣380元/港幣127元

●皇冠讀樂網：www.crown.com.tw
●皇冠 Facebook：www.facebook.com/crownbook
●皇冠 Instagram：www.instagram.com/crownbook1954
●皇冠蝦皮商城：shopee.tw/crown_tw